KB268055

명심보감

明心寶鑑

세계문학전집 481

명심보감

明心寶鑑

범입본

안대회 평역

민음사

일러두기

1 이 책은 『명심보감』 초략본(抄略本)이다. 17세기 초부터 독자들은 『명심보감』에 수록된 774조 가운데 3분의 1가량인 253조를 뽑은 선집을 즐겨 읽었다. 초략본이라 하는 이 선집을 400년 동안 널리 읽었다. 이 책은 초략본을 번역하고 평설을 붙였다.

2 초략본은 간행된 판본이 상당히 많다. 그중 가장 오래되고 원형에 가까운 천계(天啓) 원년(1621년)에 간행된 천계본을 새로 발굴하여 저본으로 삼았다.

3 초략본은 『명심보감』 원본에서 격언을 뽑아 수록하면서 본문의 수정과 원문의 부분 절록, 원본에 없는 격언의 자의적 추가, 수록 순서의 변동 등 많은 오류를 범하였다. 오류를 모두 바로잡아 제시하였다.

4 천계본의 253조 가운데 36조를 교체하였다. 너무 길거나 현대에 맞지 않는 낡고 상투적인 문장을 참신하고 뜻깊은 문장으로 교체하고, 그 사실을 평설에서 밝혔다.

5 번역과 평설, 교감, 출전은 역자가 완역한 『명심보감』을 따르되, 문장을 더 평이하게 수정하였다. 초략본이 끼친 큰 영향을 고려하여 글자와 문구의 작은 차이와 작은 오류라도 밝혀서 신뢰하고 읽을 수 있게 하였다.

6 교감에 이용한 문헌의 목록과 약칭, 서지 사항은 해설에서 밝혀 놓았다.

7 『명심보감』의 전체 내용과 더 자세한 정보는 역자의 완역본을 참고할 수 있다.

8 이 책의 판본에 관한 사항은 역자의 논문 「『명심보감』의 판본과 새로 발굴된 천계본(天啓本) 방각본의 가치」(《문헌과 해석》, 95호(2024)), 「한국에서 간행된 『明心寶鑑』 抄略本의 판본과 특징」(《한국문화》, 105호(2024)), 「『明心寶鑑』의 口傳俗談 채록과 格言의 성격」(《漢文學報》, 50호(2024)), 《明心寶鑑》版本考及其輯錄俗談的意義: 兼與《治家節要》之比較」(《中正漢學研究》, 總第45期(2025))에서 자세하게 분석하였다.

차례

상권

하권

상권

1

계선편 繼善篇
끊임없는 선행

선행을 실천하고 악행을 멀리하라는 격언을 모은 장이다. "선을 행하는 것이 가장 즐겁고, 이치를 따르는 것이 가장 위대하므로" 대가 없는 선행이 바람직하다. 하지만 심리적 만족만으로 선을 행하고 악을 멀리하기는 쉽지 않다. 악을 행하여 얻어지는 이익에 눈이 멀기가 쉽다. 그러니 선을 행하고 악을 멀리하는 것이 이익임을 역설하지 않을 수 없다. 세상을 살면서 겪는 온갖 길흉화복이 자신이 행한 선행과 악행의 결과물이라는 인과응보의 주장이 나오는 이유이다.

착한 사람에게는 복을 내리고 나쁜 사람에게는 화를 내리는 복선화음(福善禍淫)은 현실에서는 적용되지 않는 때가 많다. 이 1장에서는 선악의 응보(應報)는 인간 모두에게 적용되는 하늘의 법이라고, 하늘이 쳐 놓은 법의 그물에서 미꾸라지처럼 빠져나갈 수 있는 인간은 존재하지 않는다고 가르친다. 하늘의 준엄한 법이 적용되지 않는 경우는 잠정적이라는 것이다. 더욱이 그 응보는 자기 미래의 길흉화복을 넘어 자손에게까지 영향을 미치니, 끊임없이 남에게 도움을 베풀고 음덕을 쌓으라고 당부한다. "착한 일은 악착같이 실천하고, 나쁜 짓은 절대로 즐기지 말라."라는 말에서 악행을 두려워하고 선행을 실천하라는 권선서(勸善書)의 성격이 뚜렷하게 보인다. 청주본(淸州本)『명심보감』47개조 가운데 11개조를 뽑았다.

착한 일을 한 사람에게는 하늘이 복으로 갚아 주고
나쁜 짓을 한 사람에게는 하늘이 재앙으로 갚아 준다.
— 공자

子曰: 爲善者, 天報之以福; 爲不善者, 天報之以禍.

　　착한 사람에게는 하늘이 복을 내리고, 나쁜 사람에게는 하늘이 재앙을 내린다. 하늘은 사람의 선악에 대해 그에 상응하는 화복이라는 보상과 징벌을 내린다. 이를 응보라 한다. 하늘의 응보는 대다수 인간의 간절한 소망이고, 많은 종교의 공통된 표어이다. 유교와 불교, 도교 모두 선악에 대한 응보를 강조하는데, 기복 종교로서 불교와 도교는 한층 더 강조하였다. 범입본(范立本)은 이 격언을 공자(孔子)의 어록으로 인용하였다. 범입본과 비슷한 시기에 살았던 학자인 조단(曹端, 1376년~1434년) 역시 1408년에 완성한 격언집『야행촉(夜行燭)』에서 공자의 말로 인용하였다. 하지만 실제로는 공자의 제자 자로(子路, 기원전 542년~기원전 480년)가 한 말이다. 자로가 당시 세상에 널리 사용되던 속담을 인용하여 공자에게 한 말로『순자(荀子)』「유좌(宥坐)」와『공자가어(孔子家語)』「재액(在厄)」에 나온다.

착한 행동에는 착하게 보답하고
나쁜 행동에는 나쁘게 보답한다.
보답이 나타나지 않았다면
때가 아직 이르지 않았을 뿐이다.

善有善報, 惡有惡報. 若還不報, 時辰未到.

　선악의 응보가 나타나지 않는 경우가 많다. 그렇다고 응보는 없다고 부정해서는 안 된다. 하늘이 응보를 보이는 그 순간이 아직 오지 않았을 뿐이다. 송나라 때부터 널리 알려진 속담으로, 선악의 응보에 대한 신뢰를 말한다. 송나라 학자 유성(兪成)이 『형설총설(螢雪叢說)』에서 "선악에는 응보가 있다〔善惡有報〕"라는 주제로 그 의미를 자세하게 설명하였다. "'선행이든 악행이든 응보가 없다면, 천지는 틀림없이 사정을 둔 것이다.〔善惡若無報, 乾坤必有私.〕'라는 말이 있으니 옛 속담이다. '선악이 목에 차면 응보가 꼭 따르고, 일찍 오고 더디게 오는 시기만 다툰다.〔善惡到頭終有報, 只爭來速與來遲.〕'라는 말이 있으니 옛날의 시이다. (중략) 무릇 착한 행동에는 착하게 보답하거니와, 착한 사람이 착한 행동을 했는데도 하늘에서 착한 응보가 없다면 응보가 없는 것이 아니라 아직 응답하지 않았을 뿐이다. 나쁜 행동에는 나쁘게 응답하거니와, 나쁜 사람이 나쁜 행동을 했는데도 하늘에서 나쁜 응보가 없다면 응보가 없는 것이 아니라 아직 응답하지 않았을 뿐이다. 아직 응답하지 않았다는 말은 때가 아직 성숙하지 않았다는 뜻이다." 천계본에는 수록되지 않았으나, 추가하였다.

———————

3

촉나라 황제 유비가 임종을 앞두고 후주 유선에게 당부하였다.
"악한 일은 아무리 작아도 절대로 하지 말고
착한 일은 아무리 작아도 기어코 하여라!"

漢昭烈將終, 勅後主曰: "勿以惡小而爲之, 勿以善小而不爲."

사람이 처음부터 큰 악행을 저지르거나 큰 선행을 베풀지는 않는다. 바늘 도둑이 소도둑 되듯이 작은 악행은 점차 큰 악행으로 커 가고, 작은 선행은 점차 큰 선행으로 번진다. 인생을 시작하는 사람은 첫발을 어디에 놓느냐에 따라 이후의 삶이 결정되기 쉬우니 아무리 작더라도 착한 일에 발을 들여놓아야 한다. 삼국시대 촉한(蜀漢)의 황제 유비(劉備, 재위 221년~223년)가 나약한 후계자 유선(劉禪, 재위 223년~263년)에게 당부한 말로 유명하다.
이 격언은 『소학(小學)』「가언(嘉言)」에 실려 널리 알려졌다. 『소학』은 1187년에 주자(朱子, 1130년~1200년)가 제자 유자징

유비가 후주 유선에게 선행과 독서에 힘쓰라고 당부하는 장면을 그린 그림. 유비의 이 말은 대단히 유명하며 수많은 책에 실려 전한다. 초횡(焦竑, 1540년 무렵~1620년)이 지은 『양정도해(養正圖解)』에 나온다.

(劉子澄, 1139년~1195년)에게 권하여 편찬한 저술이다. 유학의 이념에 따라 초학자가 익혀야 할 윤리와 처신을 제시하였는데,『명심보감』은 이 책에서 많은 격언을 뽑았다. 이 말의 원 출전은『삼국지(三國志)』권32 촉지(蜀志)「선주전(先主傳)」의 주석이다. 배송지(裴松之, 372년~451년)는 주석을 달아『제갈량집(諸葛亮集)』에서 유비가 임종을 앞두고 후주(後主)에게 남긴 조칙으로 인용하였다.

4

하루라도 선행을 생각하지 않으면
이런저런 악행이 저절로 다 일어난다.
—『장자』

『莊子』曰: 一日不念善, 諸惡自皆起.

악의 유혹은 곳곳에서 끊임없이 침투해 온다. 그 유혹을 뿌리치기가 어려울 때가 적지 않으니, 선을 향한 마음을 단단히 붙잡아서 악의 유혹에 넘어가지 않게 해야 한다. 출전을 장자(莊子)가 한 말로 밝혔으나, 이 글은 현재 전하는『장자(莊子)』에는 나오지 않는다.『명심보감』에는 장자의 말로 인용한 글이 많은데, 거의 모두 현재 전하는『장자』에는 나오지 않는다. 완전히 다른 저술에서 뽑은 것이 틀림없다. 당나라 때의 저술로 전하는 둔황 출토 문헌 『문사교림(文詞教林)』과 『신집문사구경초(新集文詞九經抄)』(이후로는 축약하여 『신집』으로 표기한다.) 등에서도 장자의 말로 인용되므로, 장주(莊周)의 『장자』와는 구별되는 당나라 시대의 저술로 추정한다.

———

5

착한 일은 악착같이 실천하고
나쁜 짓은 절대로 즐기지 말라.
—『태공가교』

太公曰: 善事須貪, 惡事莫樂.

착한 일은 하면 할수록 좋고, 나쁜 짓은 하면 할수록 나쁘다. 『태공가교(太公家教)』는 당나라 중엽에 지어진 통속 격언집으로, 인정세태(人情世態)와 교훈을 말하여 아동을 교육한 계몽서이다. 당나라 때부터 광범위하게 읽힌 저술로, 훗날 많은 격언집의 모태가 되었다. 명나라 이후에는 사라졌으나, 둔황 석굴에서 많은 사본이 발견되었다. 『명심보감』에도 깊은 영향을 끼쳐 다수의 격언을 『태공가교』에서 채록하였다. 여기서 태공(太公)은 흔히 강태공(姜太公)으로 번역해 왔으나, 그릇된 번역이다. 여러 설이 있으나, "당나라 때에 향촌에서 아이들을 가르친 나이 지긋한 사람"으로 우리의 서당 훈장과 같은 성격의 선생으로 보는 것이 합당하다. 이 책에서는 책명으로만 표시한다. 필요한 경우 유학의 모임[幼學の會]에서 편찬한 『태공가교주해(太公家教注解)』(東京, 汲古書院, 2009)를 참조하여 밝혔다. 이 격언은 『태공가교』 1단에 나온다.

6

선행을 보거든 목마른 사람처럼 달려들고
악행을 듣거든 귀머거리처럼 모른 체하라.
―『태공가교』

太公曰: 見善如渴, 聞惡如聾.

선행은 목마른 사람이 물을 찾듯이 달려들어 실천하고, 악행은 처음부터 싹트지 않도록 막아서 아예 뿌리를 뽑아야 한다. 둔황 출토 사본 『태공가교』와 『신집』 369에 나온다. 천계본에는 5조와 6조의 앞뒤 순서가 바뀌어 있다. 후대의 초략본에는 6조의 출전 "태공(太公)"이 "왈(曰)"로 축약되어 있다.

7

평생토록 선행을 실천해도 선행은 여전히 부족하고
단 하루 악행을 저질러도 악행은 절로 넘친다.
— 마원

馬援曰: 終身行善, 善猶不足; 一日行惡, 惡自有餘.

　선행은 아무리 많이 해도 부족하고, 악행은 한 번을 행해
도 많다. 마원(馬援, 기원전 14년~기원후 49년)은 후한 광무
제(光武帝, 재위 25년~57년) 때의 장군으로, 촉(蜀)을 무찔러
복파장군(伏波將軍)이 되었고, 43년에는 베트남의 쯩(徵) 자
매가 일으킨 독립 운동을 진압하였다. 그의 행적이 『후한서(後
漢書)』 마원 열전에 실려 있다. 이 격언은 마원 열전에는 나오
지 않는다.

8

돈을 모아 자손에게 남겨 줘도 자손이 꼭 지키지는 못하고
책을 모아 자손에게 남겨 줘도 자손이 꼭 읽지는 않는다.
차라리 남몰래 음덕을 쌓아 자손에게 살길을 터 주는 게
낫다.
— 사마광, 『가훈』

司馬溫公『家訓』: 積金以遺子孫, 未必子孫能盡守; 積書以遺子孫, 未必子孫能盡讀. 不如積陰德於冥冥之中, 以爲子孫之計也.

자손에게 물려줄 유산으로는 재물이 제일이다. 명문가에서는 책을 물려주기도 하였다. 그러나 물려받은 자손이 재물을 잘 지킨다고, 서책을 읽는다고 보장할 수 없다. 차라리 물질적 유산보다는 남몰래 음덕을 베풀어 자손이 잘되도록 뒷받침하는 것이 낫다. 사마광(司馬光, 1019년~1086년)은 북송(北宋) 때의 학자이자 정치가로, 자는 군실(君實), 호는 우수(迂叟)이다. 온국공(溫國公)에 봉해져 사마온공(司馬溫公)으로도 불린다. 왕안석(王安石, 1021년~1086년)의 신법(新法)에 반대하여 구법당(舊法黨)을 이끌었다. 저술로는 『자치통감(資治通鑑)』이 유명하다. 사마광은 『가범(家範)』을 비롯한 몇 종의 가훈을 편찬하였는데, 이 잠언은 그 가훈에 나오지 않는다.

근대의 저명한 서지학자 예더후이(葉德輝, 1864년~1927년)는 이 잠언을 흥미롭게 읽었다. 세상에서 이 말을 좋은 잠언이라 떠받들지만, 조상이 음덕을 쌓아 자손이 잘되어도 학식이 없다는 비웃음을 사게 되므로 그마저도 좋은 계책은 아니라고 하였다. 책을 끔찍이도 사랑한 학자답게 음덕도 쌓고 책도 모아야 한다고 하였다. 천계본에는 "가훈(家訓)"이 빠져 있다.

은혜와 의로움을 두루 널리 베풀어라!
살다 보면 어디서든 꼭 다시 만나리라.
원수도 원한도 절대로 맺지 마라!
좁은 길에서 만나면 회피하기가 어려우니라.

恩義廣施, 人生何處不相逢; 讐冤莫結, 路逢狹處難廻避.

　　세상은 남과 함께 어울려 사는 곳이니 되도록 은혜를 베풀어야 하고 원한을 맺지 말아야 한다. 저 사람과는 다시 볼 일 없을 것이라며 막되게 굴고 헤어지지 말라. 긴 인생을 살다 보면 언제 어디서든 다시 만날 수 있다. 은혜를 베푼 사람이면 반기겠지만, 원수를 만나면 보복당할까 봐 두렵다. 좋은 인연은 맺지 못하더라도 악연을 맺어서는 안 된다. 원수는 외나무다리에서 만난다는 우리 속담처럼 막다른 골목에서 원수를 만나기 쉽고, 그러면 피하기가 어렵다. “사람은 살다 보면 어디서든 꼭 다시 만난다.〔人生何處不相逢.〕”라는 말은 송나라 때부터 사람들의 심금을 울린 말이다. 천계본에는 본문 앞에 “경행록왈(景行錄曰)”이라는 출전이 추가되어 있는데, 이는 오류이다. 청주본에는 28조로 수록되었는데, 그 앞에 수록된 27조의 “경행록운(景行錄云)”을 오인하여 천계본에서 출전으로 쓴 것이다. 천계본에는 또 “협(狹)”이 “협(俠)”으로 잘못 쓰였다.

나를 좋게 대하는 사람도 나는 좋게 대하고
나를 나쁘게 대하는 사람도 나는 좋게 대한다.
내가 남을 나쁘게 대하지 않았으니
남이 나를 나쁘게 대하겠는가?
—『장자』

『莊子』云: 於我善者, 我亦善之. 於我惡者, 我亦善之. 我旣於人無惡, 人能於我惡哉?

남이 나를 좋게 대하든 나쁘게 대하든 나는 항상 남을 좋게 대하고자 한다. 그렇게 산다면 끝에 가서는 아무도 나를 나쁘게 대하지 않을 것이다.『한시외전(韓詩外傳)』권9에 나오는 공자 제자들의 대화를 소재로 만든 격언이다. 그 내용은 다음과 같다.

자로가 먼저 "남이 나를 좋게 대하면 나도 그를 좋게 대하고, 남이 나를 나쁘게 대하면 나도 남을 좋게 대하지 않는다."라고 말했다. 자공(子貢)은 "남이 나를 좋게 대하면 나도 그를 좋게 대하고, 남이 나를 나쁘게 대하면 나는 그에 따라 진퇴를 결정할 뿐이다."라고 말했다. 안연(顏淵)은 "남이 나를 좋게 대하면 나도 남을 좋게 대하고, 남이 나를 나쁘게 대하더라도 나는 남을 좋게 대한다."라고 말했다. 세 사람의 의견이 제각각이라서 공자에게 물었더니, 공자는 "자로의 말은 오랑캐가 할 말이고, 자공의 말은 친구 사이에 할 말이며, 안연의 말은 친척 사이에 할 말이다. 『시경(詩經)』에서 '옳지 못한 저 사람을, 내가 형으로 모셔야 하나?'라고 하였다."라고 대답하였다.

안연은 『노자(老子)』 49장에 나오는 태도와 비슷하여 공자의 생각과는 조금 다르다. 『노자』는 "성인은 고정된 마음이 없이 백성의 마음을 자기의 마음으로 삼는다. 좋은 이에게도 나는 좋게 대하고, 나쁜 이에게도 나는 좋게 대한다. 그렇게 해야 좋게 된다.〔聖人無常心, 以百姓心爲心. 善者, 吾善之; 不善者, 吾亦善之, 德善.〕"라고 말하였다. 이 1장 10조는 현재 전하는 『장자』에는 나오지 않고, 『문사교림』 180과 『신집』 210에 나오는 격언이다. 범입본은 자신의 저서 『치가절요(治家節要)』 하권 「다툼〔爭鬪〕」에서 인용하여 남과 다툴 때 지녀야 할 태도로 삼았다. 청주본과 『치가절요』, 천계본에는 마지막 구절의 "악(惡)"이 "무악(無惡)"으로 되어 있으나 뜻이 어색하여 『문사교림』 등을 따라 수정하였다.

<hr>

11

선행을 보거든 기회를 놓칠까 봐 안달하며 서둘러 행하고
악행을 보거든 끓는 물을 만진 듯이 황급히 손을 빼라.
— 공자

子曰: 見善如不及, 見不善如探湯.

　　『논어(論語)』「계씨(季氏)」에서 공자가 한 말이다. 공자는 기회를 놓칠까 봐 조바심을 내면서 서둘러 해야 할 두 가지 일로 선행과 배움을 들었다. 다른 것들은 남에게 양보하여도 좋으나 선행과 배움은 양보할 것이 아니다. 또한 천천히 해야 할 일이 아니라고, 기회가 닥치면 다시는 얻지 못할 기회인 듯 달려들어 해야 할 일이라고 하였다. 선행에는 탐욕스럽게 달려들어야 하지만, 악행은 혹시라도 손을 댔다면 화들짝 놀라며 손을 빼야 한다. 9장 6조에서는 "배움의 기회를 놓칠까 봐 안달해야 하고, 배운 것도 잃어버릴까 봐 조바심을 내어야 한다."라는 공자의 말을 인용하였다.

2

하늘의 이치

하늘의 이치를 두려워하고 따르라는 격언을 모은 장이다. 인간이 어쩌지 못하는 권선징악을 하늘은 할 수 있다는 굳센 믿음을 표현한다. 하늘의 이치는 한 사람 한 사람의 양심에서 확인할 수 있다. 인간은 작은 우주로, 그 마음은 우주와 연동되어 있어서 하늘의 이치가 잠재되어 있다. 나쁜 마음을 먹거나 사악한 욕망을 품으면 이는 양심을 저버린 짓이자 하늘의 이치를 거역한 것이 되니, 하늘은 언젠가는 그에게 벌을 내린다. 착한 마음을 품을 때는 그 반대의 일이 일어난다. 사람은 나쁜 마음이나 사악한 욕망에 휩쓸리기 쉽다. 그때마다 양심의 목소리에 귀를 기울여야 하고, 그에 따라 움직여야 한다. 양심을 속이는 행위나 양심에 어긋나는 행위는 하늘의 이치를 거스르는 것이라고, 자신을 파멸시키는 길이라고 경고한다.

청주본 목록 일부와 천계본에는 제목이 '천명편(天命篇)'으로
되어 있다. 그러나 청주본의 총목록과 흑구본(黑口本), 중간본
등에 '천리편'으로 되어 있고, 내용과 맞으므로 이를 따랐다.
청주본 19개조 가운데 8개조를 뽑았다.

1

하늘에 순응하는 사람은 살아남고
하늘을 거스르는 사람은 망한다.
─『맹자』「이루 상」

孟子曰: 順天者存, 逆天者亡.

하늘은 자연이고 민심이며 정의이다. 하늘에 순응하면 자연 법칙과 민심과 정의를 따르는 것이고, 하늘을 거스르면 그 반대의 길을 가는 것이다. 하늘의 길을 가면 살아남고, 그 반대의 길을 가면 망한다. 『관자(管子)』「형세(形勢)」편에서는 "하늘에 순응하는 사람은 성공을 거두지만, 하늘을 거스르는 사람은 흉한 일을 불러들여 다시 떨쳐 일어날 수 없다.〔順天者, 有其功; 逆天者, 懷其凶, 不可復振也.〕"라고 하였는데, 비슷한 취지의 말이다. 천계본에는 출전의 "맹자(孟子)"를 "자(子)"로 써서 공자의 말로 오해하게 하였는데, 오류이므로 바로잡았다.

2

일을 꾀하는 것은 사람에게 달려 있고
일을 이루는 것은 하늘에 달려 있다.
─ 제갈량

諸葛武侯曰: 謀事在人, 成事在天.

　　일의 계획은 사람이 하지만, 일의 성패는 하늘이 결정한다. 그러니 할 일에 최선을 다하되, 억지를 부려 성공을 이루려고 하지는 않아야 한다. 사람이 할 수 있는 일을 다한 뒤에 하늘의 처분을 기다린다는 뜻의 진인사(盡人事) 대천명(待天命)과 같은 속담이다. 원대의 속담으로 매우 널리 쓰였다. 출전을 제갈량(諸葛亮, 181년~234년)의 어록으로 밝혔으나 현재 전하는 그의 저작에는 나오지 않고, 원나라 말엽의 소설가 나관중(羅貫中)의 『삼국지연의(三國志演義)』에 제갈량이 한 말로 나온다. 천계본에는 수록되지 않았으나, 추가하였다.

<hr>

3

하늘은 소리 없이 고요하니
푸른 하늘 어디에서 그 말을 들을까?
높은 데에도 먼 데에도 있지 않고
모두가 사람 마음에 있을 뿐이다.
― 소강절

康節邵先生曰: 天聽寂無音, 蒼蒼何處尋. 非高亦非遠, 都只在人心.

　　하늘이 전하는 말은 귀로는 듣지 못하고 마음으로만 듣는
다. 양심에서 우러나온 소리가 바로 하늘이 전하는 말이다. 소
강절(邵康節)은 북송의 성리학자 소옹(邵雍, 1012년~1077년)
이다. 철학적 이치를 담아서 많은 시를 썼다. 심오한 인생철학
을 알기 쉽게 표현한 그의 시는 당시부터 큰 인기를 얻었다. 이
시는 소강절의 문집 『이천격양집(伊川擊壤集)』에 「천청음(天聽
吟)」이라는 제목으로 실려 있다.

———————

4

사람이 소곤소곤 주고받는 말을
하늘은 천둥소리처럼 잘도 듣는다.
컴컴한 방에서 벌이는 못된 짓을
신령은 번갯불처럼 훤히 본다.
— 현제, 「수훈」

玄帝垂訓: 人間私語, 天聞若雷; 暗室虧心, 神目如電.

　　양심을 속이는 말이나 행위를 하지 말아야 한다. 귓속말로
소곤소곤 음모를 꾸미면서 아무도 듣지 못하리라 안심한다. 그
러나 하늘은 그 소리를 천둥소리인 양 크게 듣고 알아차린다.
남들이 안 보는 어두운 곳에서 양심에 어긋난 짓을 하면서 아
무도 눈치채지 못하리라 오해한다. 그러나 신은 어둠 속에서도

번갯불처럼 밝은 눈을 뜨고 훤히 다 본다. 원대의 여러 희곡과
『사림광기(事林廣記)』「존심경어(存心警語)」 등에 나오는 속담
인데, 그 뒤로 매우 널리 쓰였다. 출전으로 밝힌 「수훈(垂訓)」
은 도교의 가르침이다. 현제는 현천상제(玄天上帝)를 줄인 말
로, 진무대제(眞武大帝)라고도 부르는, 도교의 신앙 대상이다.

———————

5

죄악이 꿰미를 가득 채우면
하늘이 반드시 그 악인을 죽인다.
―『익지서』

『益智書』云: 惡貫若滿, 天必戮之.

저지른 죄악이 가득 쌓이면 하늘은 반드시 그 죄인을 죽여
없앤다. 1장 2조와 관련 있는 격언이다. 악인에 대한 하늘의 징
벌이 금세 내려지지 않기도 한다. 그러나 끝내 징벌이 없지는
않다. 징벌의 순간이 아직 오지 않았을 뿐이다. 하늘은 악인의
죄악이 가득 차기를 기다렸다가 반드시 징벌한다. 『익지서(益
智書)』는 누가 언제 편찬한 책인지 미상이나, 둔황에서 출토된
아동교육용 서적의 하나인 『익지문(益智文)』과 같은 책으로
추정한다. 청주본 『명심보감』은 이 책에서 5개조를 인용하였다.
　『서경(書經)』「태서상(泰誓上)」에는 "상나라는 죄악이 꿰미

를 가득 채워서 하늘이 죽이라 명하였다.〔商罪貫盈, 天命誅之.〕"
라는 말이 나온다. 죄악이 찰 대로 가득 찬 것을 동전이 돈꿰
미를 가득 채운 것에 비유하였다. 여기에서 파생되어 나온 말
이 악관만영(惡貫滿盈)으로, 죄악이 꿰미〔貫〕를 가득 채웠다
는 뜻이다. 꿰미를 뜻하는 "관(貫)"이 청주본과 천계본에는 "관
(鑵)"으로 되어 있으나, 내용으로 볼 때 "관(貫)"이 옳아 수정하
였다. "관(貫)"과 "관(鑵)"은 발음과 초서(草書)의 모양이 같아
서 혼동한 듯하다. "육(戮)"이 천계본에는 "주(誅)"로 되어 있는
데, 의미상 차이는 없다.

———

6

사람이 나쁜 짓을 하고도 큰 명성을 누리면
사람은 그를 벌하지 못해도
하늘은 반드시 그를 죽인다.
―『장자』

『莊子』曰: 若人作不善, 得顯名者, 人不害, 天必誅之.

　큰 악행을 저지르고도 부와 권력, 명예를 손아귀에 쥔 자들
이 꽤 있다. 그런 악인을 처벌할 힘이 없어 사람들은 분노하지
만, 걱정하지 않아도 된다. 하늘은 기필코 그 악인을 잡아 처단
하기 때문이다. 하늘의 힘은 그런 데서 나타난다.『장자』「경상

초(庚桑楚)」에 나오는 "누구나 훤히 보는 데서 나쁜 짓을 하는 자는 사람이 잡아서 죽이고, 아무도 보지 않는 어두운 데서 나쁜 짓을 하는 자는 귀신이 잡아서 죽인다.〔爲不善乎顯明之中者, 人得而誅之; 爲不善乎幽闇之中者, 鬼得而誅之.〕"라는 말을 다듬어 만든 글이다. 『문사교림』 11과 『신집』 52에서는 「경상초」의 글을 거의 그대로 인용하였으나, 『명심보감』에서는 문장을 크게 바꿨다. "주(誅)"가 천계본에는 "육(戮)"으로 되어 있는데, 의미상 차이는 없다.

7

오이 심은 데 오이 나고
콩 심은 데 콩 난다.
하늘의 그물은 넓고 커서
엉성하기는 해도 새는 법이 없다.

種瓜得瓜, 種豆得豆. 天網恢恢, 疏而不漏.

앞 구절은 뿌린 대로 거둔다는 유명한 속담이다. 이 속담은 "콩 심은 데 콩 나고 팥 심은 데 팥 난다."와 "오이 덩굴에 오이 열리고 가지 나무에 가지 열린다."라는 우리 속담으로도 바꾸어 쓰인다. 여기에서는 선행을 하면 복을 받고 악행을 하면 벌을 받는다는 인과응보의 필연성을 비유한다. 뒤 구절은 『노자』

73장에 나오는 유명한 말로, 하늘은 악인을 용서하지 않음을, 법을 어긴 사람을 절대로 눈감아 주지 않음을 말한다. 서로 독립하여 쓰이던 속담과 격언을 합하여 하나의 잠언으로 만들었다. 『사림광기』「존심경어」에는 "오이 심은 데 오이 나고〔種瓜得瓜〕"가 "삼 심은 데 삼 나고〔種麻得麻〕"로 되어 있다.

———————

8

하늘에 죄를 지으면 빌어 볼 데도 없다.
— 공자

子曰: 獲罪於天, 無所禱也.

하늘에 죄를 지어서는 안 된다. 하늘에 죄를 짓게 되면 빌 곳조차 없기 때문이다. 『논어』「팔일(八佾)」에 나오는 말이다. 위(衛)나라의 실권자인 왕손가(王孫賈)가 "아랫목 귀신처럼 실권이 없는 왕에게 잘 보이려 하지 말고, 부엌 귀신처럼 실권이 있는 자기에게 잘 보이"라는 뜻으로 공자를 회유하려 하자, 공자가 거부하며 한 말이다. 일시적인 권력의 실세에 굴복할 것인가? 아니면 항구적이고 보편적인 진리를 따르고 손해를 감수할 것인가? 공자는 후자를 따르고자 하였다. 양심의 준엄한 명령을 거부하여 하늘에 죄를 지으면 더는 도움받고 용서받을 곳이 없기 때문이다.

3

운명과 순응

운명에 순응하는 삶을 다룬 격언을 모은 장이다. 인간에게
는 운명이 있다는, 모든 일에는 미리 정해진 과정이 있으므로
주어진 운명에 순응하며 사는 인생이 행복하다는 주장을 펼
친다. 인간의 노력과 능력만으로는 되지 않는다는 숙명론이
깔려 있다. 운명이 정해져 있으므로 아등바등 살려고 하지 말
라는 가르침을, 또한 억지로 무언가를 이루려고 분수에 넘치
는 일을 하지 말라는 가르침을 말하였다. 청주본 16개조 가운
데 5개조를 뽑았다.

죽고 사는 것에는 운명이 있고
부유하고 귀함은 하늘에 달려 있다.
― 자하

子夏曰: 死生有命, 富貴在天.

　사람이 죽고 사는 것은 운명에 달려 있으니, 그리고 부귀를 잃고 얻는 것은 하늘에 달려 있으니 초연해지라는 말이다. 『논어』「안연」에서 공자의 제자인 자하가 속담을 인용하여 한 말이다. 사마우(司馬牛)라는 제자가 형제를 잃고서 "남들은 다 형제가 있는데 나만 형제가 없게 되었다."라고 슬퍼할 때, 사람이 죽고 사는 것은 운명의 소관이니 슬픔을 이기고 일어나라고 자하가 위로의 말을 건넸다. 당시 사람들이 흔히 쓰던 속담을 끌어다가 인간사가 억지로 되지 않으니 초탈하는 것이 낫다고 위로하였다. 고대인의 인생관을 표현하였다. "자하(子夏)"를 천계본에서 "자(子)"로 써서 공자가 한 말이라고 했으나, 이는 오류이다. 자하가 공자에게 들은 말이라고 풀이한 주자의 주석 때문에 이런 오류가 발생하였다. 이 말은 당시 널리 퍼진 속담을 자하가 인용한 것으로 보는 것이 옳다.

　한편 도미니코 수도회의 스페인 선교사인 도밍고 페르난테스 나바레테(Domingo Fernández Navarrete, 1610년~1689년)는 중국에서 선교하고 돌아와 『명심보감』을 스페인어로 번역하였다. 1676년에 출간한 책에서 이 대목을 "사람은 모름지기 하늘의 뜻을 따라야 한다. 자신의 능력이나 재주를 믿으면 안 된다."라고 번역하고, "운명은 피할 수 없는 것이니 우리는 이 운명에 맞추어 살아야 한다."라고 하여 기독교적으로 해석하였다. 그는 『명심보감』을 기독교적 인생관과 잘 부합하는 격언집으로 이해하였다.

2

물 한 모금 마시고 밥 한 끼 먹는 것
그것도 모두 벌써 정해져 있다.

一飮一啄, 事皆前定.

인간사의 크고 작은 모든 일은 운명에 정해져 있다는 숙명론을 표현한 글로, 줄여서 음탁개전정(飮啄皆前定)이라고도 쓴다. 당나라 문인 우승유(牛僧孺, 778년~849년)의 『현괴록(玄怪錄)』「약잉사(掠剩使)」에 처음 나오고, 당송 시대의 많은 문헌에 채록되었다. 약잉사는 저승사자로, 고대의 미신이다. 사람의 수입은 운명에 정해져 있는데 그보다 더 많이 벌면 약잉사가 그 잉여물을 빼앗아 간다는 신앙이다. 송대에도 널리 유행하여 도교 신앙의 하나로 굳어졌다. 천계본에는 수록되지 않았으나, 추가하였다.

세상만사 제 분수는 이미 다 정해졌거늘
덧없는 인생이 부질없이 저 혼자 바쁘다.

萬事分已定, 浮生空自忙.

　부귀와 빈천, 수명 등 인생에는 노력만으로 안 되는 것이 있으니, 무리한 탐욕은 경계하는 것이 좋다. 원나라 때 널리 유행한 속담으로, 당시의 저명한 극작가인 관한경(關漢卿)이 여러 희곡에서 즐겨 사용하였다. 본디 한 편의 시로 "밭일하는 소에게는 내일 먹을 여물 없어도, 창고 사는 생쥐에게는 식량이 남아돈다. 세상만사 제 분수는 이미 다 정해졌거늘, 덧없는 인생이 부질없이 저 혼자 바쁘다.〔耕牛無宿草, 倉鼠有餘糧. 萬事分已定, 浮生空自忙.〕"라고 하였는데, 앞 구절과 뒤 구절을 독립하여 쓰기도 한다. 선조(宣祖, 재위 1567년~1608년) 연간 조선에서는 이 시가 널리 유행하여 신흠(申欽, 1566년~1628년)은 속담이라 하였고, 이기(李墍, 1522년~1600년)는 누구 작품인지는 모르겠으나 부귀를 탐내 제 분수를 지키지 않는 자를 깨우치는 격언이라고 평하였다.

때를 잘 타면 바람이 왕발을 등왕각으로 보내주고
명운이 다하면 벼락이 천복비를 때려 부순다.

時來風送滕王閣, 運退雷轟薦福碑.

원대 이후의 희곡과 소설에 자주 등장하는 성어이다. 때를 잘 타면 뜻밖의 성공을 거두기도 하지만 운이 나쁘면 다 된 일도 산통이 깨진다는 말로, 뜻밖에 잘 풀리기도 하고 뜻밖에 안 풀리기도 하는 인생사를 비유한다. 등왕각(滕王閣)은 중국 장쑤성 난창현(南昌縣)에 있는 유명한 누각이다. 당나라 초기의 문인 왕발(王勃, 650년~676년)의 꿈에 신령이 나타나 등왕각 연회에 참석하라고 알려 주었는데, 마침 순풍이 불어 배를 타고 난창까지 700리 길을 하룻밤에 도착하였다. 왕발이 드디어 「등왕각서(滕王閣序)」를 지어 문명을 천하에 드날리게 되었다. 천복비(薦福碑)는 장쑤성 포양현(鄱陽縣)에 있었던 빗돌이다. 이북(李北)이 글을 짓고 구양순(歐陽詢, 557년~641년)이 글씨를 써서 유명하였다. 송나라의 명재상 범중엄(范仲淹, 989년~1052년)이 그 지역의 태수로 있을 때 한 선비가 찾아와서 굶주림을 호소하였다. 천복비 탁본은 천금의 값이 나가므로 이에 1000장을 탁본하여 굶주림에서 벗어나게 해 주려고 했더니, 그날 밤 벼락이 쳐서 천복비를 부숴 버렸다. "천(薦)"이 천계본에는 "천(賤)"으로 쓰였는데, 이는 오류이다.

귀머거리와 벙어리가 큰 부자로 살기도 하고
지혜롭고 총명한 사람이 가난뱅이로 살기도 한다.
사주팔자가 상세하게 운명책에 실려 있으니
따져 보면 운명이지 인력(人力)은 아니다.
―『열자』

『列子』曰: 癡聾痼瘂家豪富, 智慧聰明却受貧. 年月日時
該載定, 算來由命不由人.

　능력 좋고 노력 많이 한 사람이 잘살고 그렇지 않은 사람이
그만 못하게 사는 것, 그것이 공정한 질서이다. 그러나 인간 세
상은 능력과 노력만으로 성공하는 곳이 아니다. 장애 탓에 가
난하게 살아갈 줄 알았던 사람이 예상과는 다르게 엄청난 부
자로 살기도 하고, 머리 좋고 능력이 뛰어나 출세하고 부자로
살 줄 알았던 사람이 뜻밖에 가난에서 헤어나지 못하기도 한
다. 예상과 달라서 불공정하다고 불평하지 말라. 사람의 힘으로
는 어쩌지 못할 운명의 장난이 인생에는 많다. 출전을 『열자(列
子)』로 밝혔으나, 현재 전하는 책에는 보이지 않는다.

4

효행편 孝行篇

효도의 실천

　부모에게 효도하라는, 자녀의 윤리를 다룬 장이다. 공자와 맹자의 어록이 많다. 공자와 맹자는 자녀에게 일방적 의무를 지우는 편이다. 반면에 『태공가교』 등 구전 격언에서는 "부모에게 효도하면 자식도 내게 효도한다."(2조)라고 하여 조건이 붙기도 하고, "자식을 길러서 노후에 대비하고"(청주본 16조)라고 하여 노후에 자녀에게서 봉양을 받기 위해 어려서 정성껏 기른다는, 상호 이익에 뿌리를 둔 사고를 드러내기도 한다. 효도를 권장한 전형적인 격언을 모았다. 청주본 19개조 가운데 4개조를 뽑았다.

아버지는 날 낳으시고
어머니는 날 기르셨네.
애달프다, 우리 부모님!
나를 낳아 기르느라 고생하셨네.
깊은 은혜 갚으려 했건마는
높은 하늘은 무정도 해라.
―『시경』

『詩』云: 父兮生我, 母兮鞠我. 哀哀父母, 生我劬勞. 欲
報深恩, 昊天罔極.

　　고생하며 키워 준 부모의 은혜를 회상하며 그 은혜를 갚고
싶어도, 갚을 길 없어 애달프다. 『시경』「육아(蓼莪)」에서 몇 구
절을 뽑아서 재구성하였다. 돌아가신 부모님을 그리워하는 자
식의 슬픔을 노래한 명작이다. 송강(松江) 정철(鄭澈, 1536년~
1594년)의 시조 "아버님 날 낳으시고 어머님 날 기르시니, 두
분 곳 아니면 이 몸이 살았으랴? 하늘 같은 가없는 은혜 어디
에다 갚사오리."가 이 격언을 압축하여 표현하였다.

부모에게 효도하면 자식도 내게 효도한다.
내가 효도하지 않거늘 자식이 어떻게 효도하랴?
―『태공가교』

太公曰: 孝於親, 子亦孝之; 身旣不孝, 子何孝焉?

　자식은 부모의 거울이다. 부모의 행동을 보고 자식은 똑같이 행동한다. 고대 그리스의 철학자 탈레스는 "네가 부모를 대하는 그대로 네 자녀들도 너를 대할 것이다."라고 하였다. 우리 속담에도 "부모가 효자 되어야 자식이 효자 된다."라고 하고 "부모가 착해야 효자 난다."라고 하여, 부모에게 효도하는 가정에서 자란 아이가 나중에 커서 또 부모에게 효도한다고 하였다. 『태공가교』와 『신집』 312에 나오는 격언이다.

효도하는 사람이 다시 효도하는 자식을 낳고
도리 못하는 사람이 다시 도리 못하는 아이를 낳는다.
믿지 못한다면 추녀 끝에 떨어지는 낙숫물을 보라!
한 방울 한 방울 어긋남 없이 같은 곳에 떨어진다.

孝順還生孝順子, 五逆還生五逆兒. 不信但看簷頭水, 點點滴滴不差移.

　부모를 보고 자식은 영락없이 그대로 따라 한다. 효자의 집에 효자 나고 불효자의 집에 불효자 나서 효도와 불효를 대물림한다. "도리 못하는"의 원문은 "오역(五逆)"으로, 『맹자』「이루하(離婁下)」에서 말한 다섯 가지 불효를 말한다. 그 내용은 청주본 『명심보감』의 5장 117조에도 실려 있다. 게을러서 육신이 멀쩡한데도 부모를 봉양하지 않는 것, 장기나 바둑 같은 도박에 빠지거나 술을 좋아하여 부모를 봉양하지 않는 것, 재물에만 눈이 멀고 처자식을 편애하면서 부모를 봉양하지 않는 것, 육신의 쾌락만을 좇다가 부모를 욕되게 하는 것, 만용을 부리고 싸움질을 일삼아 부모를 위태롭게 하는 것이다. "오역(五逆)"을 "오역(忤逆)"으로 쓴 경우가 많은데, 뜻은 통한다.

4

자식을 길러 봐야 부모 은혜를 알고
세상에 나가 봐야 사람 노릇 어려움을 안다.

養子方知父母恩, 立身方知人辛苦.

　세상만사 겪어 봐야 알고, 당해 봐야 안다. 부모의 큰 은혜는 자식을 직접 길러 봐야 잘 알 수 있고, 사람 노릇하기가 어려움은 제가 세상에 나가 살아 봐야 뼈저리게 느낀다. 서로 독립된 속담을 합하여 하나의 잠언으로 만들었는데, 첫 구절은 원나라 때의 속담이다. 『박통사언해(朴通事諺解)』 상권에는 "자식을 길러 봐야 부모 마음을 안다.〔養子方知父母心.〕"라고 옛사람의 말로 인용하였다. 우리 속담에도 "자식을 길러 봐야 부모 사랑을 안다."가 있다. 천계본에는 수록되지 않았으나, 추가하였다.

5

몸가짐 바로잡기

몸가짐을 바로잡는 주제의 격언을 모은 장이다. 착한 품성을 가지고 세상을 슬기롭게 살아가는 처신을 다양하게 제시하였다. 세상 사람들과 맺는 관계로 점철된 사회생활에서는 남을 탓하기 쉬우나, 그보다는 자신의 수신과 수양에 더 노력할 것을 요구하였다. "남을 가늠하려면 먼저 자신을 가늠해 보라."라고 요구하여 자신을 성찰하고 자신의 결함을 바로잡는 노력을 더 중시하였다. 특히 남에게 간섭하고 훈계하려 드는 행위를 경계하여, 주제넘은 짓을 하지 말고 자신의 덕성을 키우라고 하였다. 재물과 명예, 권력, 이성, 물질의 욕망에 빠지지 말라고 당부하고, 과욕을 자제하라고 당부하며, 관대하며 성실하고 근면하게 살라고 당부하였다. 유학자의 어록에서 많이 인용하기는 하였으나 구전되는 격언과 속담에서도 다수

인용하여, 일반 사람의 지혜와 생각을 많이 담고 있다. 청주본
에는 상권에서 가장 많은 117개조가 실려 있는데, 그중에서
25개조를 뽑았다.

남이 잘한 점을 보고서 내가 잘할 점이 있는지 찾아보고
남이 잘못한 점을 보고서 내가 잘못할 점이 있는지 찾아
보라.
그렇게 하여야 나에게 보탬이 있다.
— 『주자어류』 권27

性理書云: 見人之善而尋己之善, 見人之惡而尋己之惡, 如此方
是有益.

　　잘한 일이든 잘못한 일이든 타인의 행동과 처신에서 배우
고 성찰한다면 더 나은 사람이 될 수 있다. 청주본 『명심보감』
의 1장 47조에는 "현명한 사람을 보면 그처럼 되고자 소망하
고, 현명하지 않은 사람을 보면 안으로 자신을 성찰하라."라는,
『논어』「이인(里仁)」에 나온 공자의 말이 실려 있다. 이 말에 관
해 주자가 5장 1조처럼 덧붙여 풀이하였다. 저본에서는 출전을
"성리서(性理書)"로 밝혔는데, 이는 특정한 책명이 아니라 성리
학과 관련한 저술임을 표시한다. 이 책에서는 실제 책명인 『주
자어류(朱子語類)』로 출전을 밝혀 놓았다.

2

대장부라면 남을 너그럽게 포용해야지
남이 자기를 너그럽게 포용하기를 바라서는 안 된다.
―『경행록』

『景行錄』云: 大丈夫當容人, 無爲人所容.

큰일을 할 사람은 넓은 가슴으로 다양한 부류의 사람을 포
용할 줄 알아야 한다. 포용하기는커녕 남에게 포용해 달라고 요
구하는 옹졸한 마음가짐으로는 큰일을 하기가 어렵다.『주자
어류』권35에서『논어』「태백(泰伯)」의 "누가 덤벼들어도 따지
지 않는〔犯而不校〕" 포용력 있는 태도를 논하면서 주자가 인용
한 격언이다. 불손하게 덤비는 사람조차도 내치지 말고 감싸안
으라고 권하는 취지이다. 원나라의 학자 왕운(王惲, 1227년~
1394년)은『옥당가화(玉堂嘉話)』권5에서 북송의 학자 진양
(陳襄, 1017년~1080년)이 한 말이라고 했으나, 조선에서는 주
자가 한 말로 알고 널리 썼다.
　『경행록(景行錄)』은 원나라의 문신인 사필(史弼, 1233년~
1318년)이 편찬한 격언집이다. 사필의 자는 군좌(君佐), 호는 자
미노인(紫微老人)으로, 관직이 복건행성평장정사(福建行省平
章政事)에 이르렀다. 행적이『원사(元史)』사필 열전에 실려 있
다. 이전에 나온『태공가교』나『성심잡언(省心雜言)』등 격언집
에서 글을 가려 뽑았는데, 특히『성심잡언』에서 뽑은 글이 많다.

청주본 『명심보감』에서는 63개조를 재수록하였는데, 인용하고
서 출전으로 밝히지 않은 것도 여럿이다. 이방헌(李邦獻)의 『성
심잡언』에는 5장 2조의 격언 뒤에 "길흉사와 걱정거리는 하늘
에서 내려온다. 그래도 자신에게서 나오지 않는 경우는 없다.〔吉
凶悔吝自天, 然無有不由己者.〕"라는 격언이 덧붙어 있다. 이방헌
은 북송의 휘종(徽宗, 재위 1100년~1125년)과 남송의 효종(孝
宗, 재위 1162년~1189년) 사이의 시대를 살았던 학자이자 고관
으로, 자는 사거(士擧), 호는 성심(省心)이다. 그의 격언집 『성심
잡언』은 유가 사상에 뿌리를 둔 처세의 격언을 수록하였다. 남
송 초기에 처음 간행된 이후 여러 차례 간행되며 인기를 얻어
후대의 여러 문인이 표절하였는데, 그중 하나가 『경행록』이다.
명대 이후에 초본이 유행하며 원본은 사라졌다. 다양한 판본에
대략 200여 개조의 격언이 전해진다. 출전을 『경행록』으로 밝힌
격언은 대부분 『성심잡언』에서 인용하였으나, 이후에는 따로 표
시하지 않는다.

3

저를 귀하게 여겨 남을 천시하지 말고
제가 잘났다고 힘없는 사람을 업신여기지 말며
제 용맹함만 믿고 적을 가볍게 여기지 말라.

—『태공가교』

太公曰: 勿以貴己而賤人, 勿以自大而蔑小, 勿以恃勇而
輕敵.

저만 귀하고 저만 잘나고 저만 용맹하다고 여기는 태도는 자
연히 남을 천시하게 되고 약자를 무시하게 되며 상대를 가볍게
여기게 된다. 자아도취와 자기 편향, 자만심은 그 잘난 자신의
실패를 이끈다. 자존감이 없어도 안 되지만, 과도한 자만심은
고립과 몰락을 불러들인다.

4

덕으로 남을 이기는 자는 강하고
재물로 남을 이기는 자는 흉하며
힘으로 남을 이기는 자는 망한다.
— 노공

魯恭曰: 以德勝人則強, 以財勝人則凶, 以力勝人則亡.

남을 이기는 방법은 여러 가지인데, 진정한 승리는 무력이나
경제력보다는 덕망과 문화의 힘으로 이기는 것이다. 『문사교림』
128에서는 『태공가교』를 출전으로 인용하였고, 『신집』 143에
서는 증자(曾子)의 말로 인용하였다. 노공(魯恭, 32년~112년)
은 후한 때 사람이다. 황제가 즉위하자마자 흉노를 침공하려

할 때 노공은 힘으로 대응하지 말라고 쓴소리하였으나, 받아들여지지 않았다. 그가 쓴소리한 상소문에 나오는 격언이다.『후한서』노공 열전에 나온다. 청주본에서는 "노공(魯恭)"을 "노공왕(魯共王)"으로 썼으나, 오류이다. 천계본에는 수록되지 않았으나, 추가하였다.

———————

5

남의 허물을 들으면 부모의 이름을 들은 듯이 귀로만 듣고 입으로는 말하지 말라.
— 마원

馬援曰: 聞人過失, 如聞父母之名, 耳可得聞, 口不可得言也.

남의 잘잘못을 함부로 논평하는 행위는 옳지 않다. 옛날에는 남들이 부모의 이름을 말한다면 그 소리를 들을 수는 있어도, 자식이 입 밖으로 감히 부모의 이름을 말할 수는 없었다. 후한의 복파장군 마원은 교지(交趾)에서 전쟁을 수행하는 중에 조카들이 남을 헐뜯고 논평하기를 좋아하며 경박한 협객들과 어울린다는 소문을 들었다. 이에 편지를 보내 이와 같이 훈계하였다. 마원은 평소에 남의 잘잘못을 논평하는 행위를, 정치와 법률이 옳으니 그르니 함부로 논하는 행위를 대단히 미워

하였다. 차라리 죽는 것이 낫지 그렇게 행동하는 자손이 있다
는 말은 듣고 싶지 않다며 조카를 꾸짖었다. 『후한서』 마원 열
전에 나오는 격언이다.

———

6

나의 나쁜 점을 말해 주는 사람이 내게는 스승이고
나의 좋은 점을 말해 주는 사람이 내게는 도적이다.

道吾惡者是吾師, 道吾好者是吾賊.

칭찬하는 말이 듣기 좋은 것이, 나쁜 점을 지적하는 말이 듣
기 싫은 것이 사람 마음이다. 듣기 싫은 말이라도 듣고 고치면
올바른 길로 이끄는 스승의 말이 되고, 듣기 좋은 말이라도 듣
고서 자만과 안일에 빠지면 패망으로 이끄는 원수의 말이 된
다. 더 나은 사람이 되기 위해서는 듣기 좋은 말보다 듣기 싫은
말을 받아들여 자신을 성찰하는 자세가 필요하다. 송대의 속담
으로, 송 태종(宋太宗, 재위 976년~997년)이 아들인 송 진종
(宋眞宗, 재위 997년~1022년)에게 해 준 말이라고도 한다. 천
계본에서는 "나의 착한 점을 말해 주는 사람이 내게는 도적이
고, 나의 나쁜 점을 말해 주는 사람이 내게는 스승이다.〔道吾善
者是吾賊, 道吾惡者是吾師.〕"로 문장을 바꾸어 수록하였다.

7

근면함은 값을 매길 수 없는 보배이고
신중함은 몸을 지켜 주는 부적이다.
―『태공가교』

太公曰: 勤爲無價之寶, 愼是護身之符.

　　성공하는 인생은 근면함에서 나오니, 근면함은 값을 매길 수 없는 보배와도 같은 것이다. 실패하지 않는 인생은 신중함에서 나오니, 신중함은 자신을 지켜 주는 부적과도 같은 것이다. 이 격언은『태공가교』23단에 나오는 "근면함은 값을 매길 수 없는 보배이고, 배움은 신비한 명월주(明月珠)이다. 신중함은 바닷속 용궁에 보관된 보물이요, 참을성은 몸을 지켜 주는 부적이다.〔勤是無價之寶, 學是明月神珠; 愼是龍宮海藏, 刃是護身之符.〕"라는 격언을 다듬어 만들었다.『신집』263에도 유사한 내용이 보인다.

삶을 보전하려는 사람은 욕심을 줄여야 하고
몸을 보전하려는 사람은 명예를 피해야 한다.
욕심을 버리기는 쉬워도

명예를 버리기는 어렵다.
― 『경행록』

『景行錄』云: 保生者寡慾, 保身者避名. 無慾易, 無名難.

건강하게 오래 살고자 하면 욕심을 줄여야 하고, 큰일을 겪고 목숨까지 잃는 횡액을 당하지 않으려면 분에 넘치는 명예를 추구하지 말아야 한다. 욕심 가운데 가장 질긴 것이 명예욕이다. 그 어떤 욕심도 버리기 쉽지 않으나, 그래도 노력하면 버릴 수 있다. 하지만 명예욕만은 제 목숨이 걸렸어도 버리기가 어렵다.

<hr>

9

군자에게는 경계해야 할 것이 세 가지 있다. 젊을 때는 혈기가 안정되지 않아서 성욕을 경계해야 하고, 장년이 되어서는 혈기가 한창 왕성하므로 남과의 경쟁을 경계해야 하며, 늙어서는 혈기가 쇠약해져 탐욕을 경계해야 한다.
― 공자

子曰: 君子有三戒, 少之時, 血氣未定, 戒之在色; 及其壯也, 血氣方剛, 戒之在色; 及其老也, 血氣旣衰, 戒之在得.

『논어』「계씨」에 나오는 공자의 가르침으로, 사람의 생애 주기에 따라 경계해야 할 점을 안내하였다. 혈기는 생명을 지탱하는 피와 기운인데 생애 주기에 따라 변화가 생기고, 그에 따라 사람의 성정과 욕구에 차이가 난다. 젊을 때는 혈기가 안정되지 않아서 성욕이 지나치게 강하기 쉽고, 장년일 때는 혈기가 왕성하여 남과 경쟁하여 이기려는 욕망이 강해져 다툼과 갈등이 많아진다. 늙어서 혈기가 쇠약할 때는 오히려 탐욕을 더 부리는 경향이 있다.

———————

10

화를 크게 내면 기운을 많이 해치고
생각이 너무 많으면 정신을 크게 해친다.
정신이 피로하면 마음이 쉽게 휘둘리고
기운이 허약하면 병이 몸을 휘감는다.
슬픔과 기쁨에 너무 빠지지 말고
먹고 마심에 고루 균형을 맞춰라.
밤중에는 취하지 않도록 거듭 조심하되
새벽에는 화내지 않도록 가장 경계하라.
— 손사막, 「양생명」

孫眞人「養生銘」: 怒甚偏傷氣, 思多大損神. 神疲心易役, 氣弱病相縈. 勿使悲歡極, 當令飮食均. 再三防夜醉, 第一戒晨嗔.

몸을 잘 다스려 신체를 건강하게 유지하라는 잠언이다. 분노와 노심초사, 과로와 흥분, 과음과 분노를 자제하는 절제된 생활을 양생의 방법으로 제시하였다. 손사막(孫思邈, 581년~682년)은 당나라 때의 명의로, 『구당서(舊唐書)』 손사막 열전에 행적이 나온다. 그의 「양생명(養生銘)」은 각종 의서에 두루 실려 있다. 천계본에는 "영(縈)"이 "인(因)"으로 되어 있는데, 각운에 맞게 수정한 것이다.

11

먹는 것이 소박하면 정신이 상쾌하고
보는 것이 맑으면 꿈자리가 편안하다.
—『경행록』

『景行錄』云: 食淡精神爽, 觀淸夢寐安.

기름지고 맛있는 진수성찬과 멋지고 보기 드문 구경거리는 쾌락을 자극하고 마음을 흥분에 빠뜨린다. 입과 눈을 즐겁게 하는 쾌락을 마다하기는 쉽지 않지만, 쾌락은 지속하기가 어렵고 마음을 들뜨게 하여 밖으로 치닫게 한다. 늘 먹는 소박한 밥상과 늘 보는 편안한 일상은 맛나지도 않고 재미도 없으나, 정신은 맑고 꿈자리는 사납지 않다. "보는 것〔觀〕"이 천계본과 어제본(御製本)에는 "마음〔心〕"으로 되어 있는데, 내용상 통한다.

차분한 마음으로 일과 사물에 응대한다면 비록 글을 읽지
않았다고 해도 덕이 있는 군자가 될 만하다.
— 『경행록』

『景行錄』云: 定心應物, 雖不讀書, 可以爲有德君子.

들뜬 마음을 차분히 가라앉히고 평정심을 유지하는 사람은,
그 어떤 상황이라도 흔들림이 없이 일을 처리하고 사물을 마주
한다. 그런 사람이라면 설령 책 한 권 읽지 않았다고 해도 덕이
있는 군자로 인정할 수 있다. 공부의 목적은 평정심을 잃지 않
는 데 있기 때문이다.

타오르는 분노를 불을 끄듯이 잠재우고
솟구치는 욕망을 물을 막듯이 없애라.
— 『근사록』

『近思錄』云: 懲忿如救火, 窒慾如防水.

끓어오르는 분노를 가라앉히고 솟구치는 욕망을 막아야 평

정한 마음을 유지하고 올바른 판단을 할 수 있다. 주자가 한 말로, 손괘(損卦)를 풀이한 『주자어류』 권72에 나온다. 청주본과 천계본에서 출전을 『근사록(近思錄)』으로 밝혔는데, 이는 오류이다. 또한 "구화(救火)"가 청주본과 천계본에는 "고인(故人)"으로 되어 있는데, 이는 오류이다. 흑구본과 중간본에 따라 바로잡았다.

14

원수를 피하듯 성관계를 피하고
화살을 피하듯 바람을 피하라.
빈속에는 차를 마시지 말고
한밤에는 식사를 적게 하여라.
─『이견지』

『夷堅志』云: 避色如避讐, 避風如避箭. 莫喫空心茶, 少食中夜飯.

일상생활에서 피하고 주의하면 좋을 금기를 건강을 유지하는 양생법으로 제시하였다. 출전은 원나라 때 나온 『호해신문이견속지(湖海新聞夷堅續志)』로, 남송 때 학자인 홍매(洪邁, 1123년~1202년)의 『이견지(夷堅志)』를 본떠 지은 책이다. 송대에 나온 호자(胡仔, 1110년~1170년)의 시화 『초계어은총화

(苕溪漁隱叢話)」「송조잡기(宋朝雜記)」와 『사림광기』 「양생경
어(養生警語)」 등에 먼저 나온다. 시화에서는 송대 초엽의 유
명한 인물이 지은 작품이며 인생길에 경계로 삼을 만한 좌우명
이라고 하였다. 나중에는 양생법의 하나로 널리 쓰였다. 『박통
사언해』 하권에 "옛사람이 이르되, 밤에 밥을 한 숟갈 적게 먹
으면, 아흔아홉 살까지 산다고 한다.〔古人道, 夜飯少一口, 活到
九十九.〕"라는 원대의 속담을 인용하였는데, 마지막 구절과 뜻
이 통한다.

15

다수의 사람이 좋아해도 반드시 살펴야 하고
다수의 사람이 미워해도 반드시 살펴야 한다.
― 공자

子曰: 衆好之, 必察焉; 衆惡之, 必察焉.

　『논어』 「위령공(衛靈公)」에 나오는 공자의 가르침으로, 다수
의 판단을 맹목적으로 따라가면 그릇되게 판단하는 위험성을
말한다. 여론에 따른 평판은 조작되거나 왜곡되기 쉽다. 평판
이 좋은 사람에게 위선이 숨어 있기도 하고, 평판이 나쁜 사람
에게 진실한 가치가 숨어 있기도 하다. 현대 사회는 더 일상적
으로, 더 사악하게 여론과 평판을 조작하여 대중의 판단력을

흐려 놓는다. 냉정한 판단력이 있어야 그릇된 평판에 휘둘리지
않는다.

16

술을 마실 때는 말이 많지 않아야 진정한 군자이고
금전 거래에서는 계산이 분명해야 대장부이다.

酒中不語眞君子, 財上分明大丈夫.

　술을 마시다 보면 해서는 안 될 말실수를 하기 쉬운데, 술을
마시면서도 허튼 말을 하지 않는다면 진정한 군자라 할 수 있다.
또한 금전을 거래하면서 너그럽고 대범한 태도를 보이는 것을 대
장부답다고 오해하기 쉽다. 그러나 계산이 정확하지 않으면 끝에
가서는 친구 관계가 망가진다. 아리스토텔레스(기원전 384년~
기원전 322년)도 『에우데모스 윤리학』에서 "훌륭한 계산이 훌
륭한 친구를 만든다."라고 하였다. 원대 이후 희곡에 자주 나오는
성어로, 두 구절을 함께 쓰기도 하고 따로 쓰기도 한다.

모든 일을 너그럽게 처리하면 복은 절로 두터워진다.

萬事從寬, 其福自厚.

　매사에 각박하게 굴지 않고 너그럽게 처리하는 사람에게는 자연스레 복이 쌓인다. 관대한 태도는 남에게 이익을 주고 주변에 생기를 돌게 하며, 결국에는 자기에게도 이익을 가져온다.

성공한 사람이 되려면 안일하게 살아서는 안 되고
안일하게 살아서는 성공한 사람이 될 수 없다.

成人不自在, 自在不成人.

　안일하고 나태해서는 성공한 사람이 될 수 없으니 부지런히 노력하여야 한다. 7조의 격언처럼 성공한 인생은 근면함에서 나온다는 취지의 말이다. 송나라 때의 유명한 속담으로, 나대경(羅大經)의 필기 『학림옥로(鶴林玉露)』 권9에 나온다. 주자는 짤막한 편지에서 이 속담을 인용하고 "이 말이 속되기는 하지만 정말 절실한 말이므로 부디 노력하기를 바란다."라고 하였

다. 정조(正祖, 재위 1776년~1800년) 때의 학자 이만운(李萬
運, 1736년~1820년)은 아들에게 준 시에서 "쓰린 고생 맛보아
야 달콤한 경지에 이르니, 산중에 머무르되 학업을 게을리 말
라. 성공한 사람이 되려면 안일하게 살아서는 안 된다는, 진중
하게 내려 준 주자의 편지첩을 잘 살펴보아라.(喫些辛苦方甛境,
留處山中莫惰業. 看取成人不自在, 晦翁珍重垂遺帖.)"라고 써서 아
들을 훈계하였다. 천계본에는 수록되지 않았으나, 추가하였다.

19

남을 가늠하려면 먼저 자신을 가늠해 보라.
남을 해치는 말은 도리어 자신을 해친다.
피를 머금어 남에게 뿜으면 제 입술부터 더럽힌다.
—『태공가교』

太公曰: 欲量他人, 先須自量. 傷人之語, 還是自傷. 含血
噴人, 先汚其口.

"주제도 모르고 깝죽거린다."라는 속된 말이 있다. 함부로 남
을 평가하고 욕하다가는 된통 당할 수 있다는 말이다. 남이 아
니라 자기가 자기의 적이 된다. 피를 한입 머금고 남에게 뿜어
보라. 남을 더럽히기 전에 먼저 제 입술부터 더럽힌다. 『태공가
교』와 『신집』 248에 나오는 내용을 축약하여 만든 잠언이다.

그저 놀기만 하면 이로움이 없고
근면함만이 성공을 가져온다.

凡戲無益, 惟勤有功.

　놀기에만 힘쓰면 그 어떤 이익도 거두지 못하고, 근면하게 일해야 끝에 가서 좋은 결과를 가져온다. 널리 알려진 격언으로 남송의 학자 왕응린(王應麟, 1223년~1296년)이 엮은 『삼자경(三子經)』에 나오는 "근면하면 성공을 거두고, 놀기만 하면 이익이 없다.〔勤有功, 戲無益.〕"가 있다. 명 중엽의 저명한 명장 척계광(戚繼光, 1528년~1588년)이 지은 병서 『기효신서(紀效新書)』에서는 "상말에 '근면함만이 성공을 가져온다.'라고 하였다. 직업의 귀천이나 기술의 높낮이를 따질 것 없이, 상인이 근면하면 부를 이루고, 농부가 근면하면 풍작을 거두며, 장인이 근면하면 기계가 정교해져 살림이 넉넉해지며, 선비가 근면하면 덕망이 커지고 학업이 충실해진다. 아무리 낮은 직책에 있는 사람이라도 하는 일에 근면하면 일을 완수하여 이름이 드러난다."라고 하여 근면함만이 성공의 결과를 가져온다고 하였다.

21

참외밭에서는 신을 고쳐 신지 말고
자두나무 아래에서는 갓을 바로잡지 말라.
—『태공가교』

太公曰: 瓜田不納履, 李下不整冠.

삼국시대 위(魏)나라의 문인 조식(曹植, 192년~232년)이 지은 악부시(樂府詩)「군자행(君子行)」은 "군자는 일이 벌어지기 전에 막고, 의심받을 행동은 하지 않는다. 참외밭에서는 신을 고쳐 신지 않고, 자두나무 아래에서는 갓을 고쳐 쓰지 않는다.〔君子防未然, 不處嫌疑間. 瓜田不納履, 李下不整冠.〕"라는 유명한 구절로 시작된다. 『문선(文選)』과 『악부시집(樂府詩集)』 등에 실려 전한다. 의심받기 딱 좋은 행동을 하지 말라는 뜻의 잠언이다. 청주본에는 "불납(不納)"이 "물섭(勿躡)"으로 되어 있는데, 뜻이 통하기는 하나 천계본과 다수의 원전에 따라 바로잡았다.

22

마음이 편안하더라도 몸에는 수고함이 있어야 하고
도를 즐기더라도 몸에는 걱정이 있어야 한다.

몸이 수고하지 않으면 나태함에 빠지기 쉽고
몸에 걱정함이 없으면 향락에 빠져 제멋대로다.
그러니 편안함은 수고함에서 나와야 항상 느긋하고
즐거움은 걱정함에서 나와야 지겹지 않다.
편안하고 즐겁다고 수고함과 걱정함을 잊어서 되겠는가?
—『경행록』

『景行錄』云: 心可逸, 形不可不勞; 道可樂, 身不可不
憂. 形不勞, 則怠惰易蔽; 身不憂, 則荒淫不定. 故逸生於勞
而常休, 樂生於憂而無厭. 逸樂者, 憂勞其可忘乎?

마음이 편안한 것과 도를 즐기는 것은 인생에서 누리는 흔
치 않은 쾌락이다. 그러나 그 쾌락을 오래 유지하려면 다른 조
건이 필요하다. 나태함에 빠지지 않도록 몸을 항상 움직여 수고
하여야 하고, 향락에 빠져 방종하지 않도록 일정한 걱정거리가
있어야 한다. 프랑스의 문인 보브나르그(Vauvenargues) 후작이
『성찰과 잠언(Réflexions et maximes)』에서 "정신의 활기를 간직
하기 위해서는 몸의 활력을 유지해야 한다."라고 한 잠언과 취
지가 같다. 편안함과 수고함 사이, 즐거움과 걱정 사이에는 적
절한 긴장 관계가 유지되어야 한다.

귀로는 남의 잘못을 듣지 않고

눈으로는 남의 흉을 보지 않으며

입으로는 남의 허물을 말하지 않아야 군자답다.

『景行錄』云: 耳不聞人之非, 目不視人之短, 口不言人之過,
庶幾君子.

　남의 결함은 잘 보이나 내 결함은 안 보인다. 로마의 철학자
세네카(Seneca, ?~65년)는 『분노에 대하여(De Ire)』에서 "우리
는 눈에는 남의 흉을, 등에는 우리의 흉을 담고 있다."라고 하였
다. 우리 속담에도 "노구솥이 가마솥 보고 검다고 한다."와 "똥
묻은 개가 겨 묻은 개 나무란다."라는 말이 있다. 천계본에는
출전에 해당하는 "경행록운(景行錄云)"이 빠져 있는데, 이는 오
류이다.

　기쁨과 분노가 마음속에서 들끓으면 입에서 말이 솟구쳐
나오니, 삼가지 않아서는 안 된다.

── 채옹

蔡伯喈曰: 喜怒在心, 言出於口, 不可不愼也.

　말이 한번 입 밖으로 나가면 엎어진 물과 같아, 도로 담을 수 없다. 입 밖으로 나간 말은 재앙으로 변하여 돌아오기도 한다. 그래서 입은 환난의 관문이자 몸을 망치는 창고라고 하니 조심할 일이다. 채옹(蔡邕, 133년~192년)은 후한 말기의 학자로, 자는 백개(伯喈)이다. 학문과 글씨에 뛰어나 명성이 높았다. 저서로는 『독단(獨斷)』과 문집 『채중랑집(蔡中郞集)』이 있다. 이 글은 그의 저서에는 나오지 않고 『신집』 160에 나온다. 천계본에는 "야(也)"가 빠져 있다.

<hr>

25

　제자인 재여가 한낮에 (여자와) 침실에 들어가니 공자께서 "썩은 나무로는 조각할 수 없고, 썩은 흙담에는 흙손질할 수 없다."라며 꾸짖으셨다.

宰予晝寢, 子曰: "朽木不可雕也, 糞土之牆, 不可朽也."

　『논어』 「공야장(公冶長)」에 나오는 유명한 일화이다. 주자는 낮잠을 잔 재여(宰予)를 꾸짖었다고 풀이하였다. 이 해석이 정설로 받아들여져 공부할 때는 낮잠도 자서는 안 된다는 규범으로 이해하였다. 그러나 낮잠 좀 잤다고 공자가 저렇게 심하게

66

꾸중했다니 이해하기가 어렵다. 일본의 유학자 오규 소라이(荻生徂徠, 1666년~1728년)는 대낮에 여성의 공간인 내실로 들어갔다고 풀이하였는데, 그 해석이 합리적이다.『홍길동전(洪吉童傳)』첫대목에 홍길동의 아버지 홍 판서가 태몽을 꾸고 내실로 들어갔다가 부인에게 혼나는 장면이 연상된다.

6

안분편 安分篇

본분 지키기

본분을 지키는 처신을 다룬 격언을 모은 장이다. 탐욕을 부리거나 현재의 처지에 만족하지 못하는 사람에게 주는 경계와 당부의 말이 많다. 낮은 자리에서 곤궁하게 지낸다고 하여 불만을 품은 사람도 많고, 더 높은 자리와 더 큰 부귀와 더 큰 성취를 꿈꾸면서 안달복달하는 사람도 많다. 6장에서는 그런 사람이 영위하는 삶의 불행을 말한다. 현재의 삶을 자기 본분에 적합한 자리로 여겨 만족하는 태도를 행복의 길로 제시하였다. 현세와 현재에서 행복을 찾으려는 민중의 행복관을 보여 준다. 청주본 18개조 가운데 6개조를 뽑았다.

1

만족할 줄 알면 즐겁게 지내고
탐욕을 부리면 걱정이 많다.

―『경행록』

『景行錄』云: 知足可樂, 務貪則憂.

    가진 것이 많다고 꼭 즐거운 것은 아니다. 가진 것이 적어도 만족하면 더 많이 가진 자보다 즐거울 수 있다. 이미 가진 것을 지키려 하고, 거기에 더해 더 많이 가지려 하면 근심과 걱정에 사로잡히고 욕구대로 되지 않아 오히려 덜 가진 자보다 불행해진다. 고대 그리스의 철학자 에피쿠로스도『쾌락』에서 "작은 것에 만족하지 않는 사람을 만족시킬 수 있는 것은 아무것도 없다."라고 말하였다. 없이 지내도 만족할 줄 아는 사람이 걱정 많은 부자보다 낫다는 말이 그래서 나온다.

2

만족할 줄 아는 사람은 가난하고 미천해도 즐겁고
만족할 줄 모르는 사람은 부유하고 귀해도 걱정이 많다.

知足者, 貧賤亦樂; 不知足者, 富貴亦憂.

가난한 사람이 불행하고 부유한 사람이 즐거운 것이 상식이
다. 하지만 가난해도 만족하면 즐겁고, 부유해도 걱정이 많으면
불행하다. 벤저민 프랭클린(Benjamin Franklin, 1706년~1790년)
이 『가난한 리처드의 달력(Poor Richard's Almanack)』에서 "만
족은 가난한 이를 부자로 만들고, 불만족은 부자를 가난한 이
로 만든다."라고 말한 이유이기도 하다. 이 글은 『성심잡언』에 나
오는 잠언이다.

3

만족할 줄 알아 늘 만족하면 한평생 굴욕당할 일이 없고
멈출 줄 알아 늘 절제하면 한평생 부끄러운 일이 없다.

知足常足, 終身不辱; 知止常止, 終身無恥.

만족할 줄을 알고 멈출 줄을 알아야 굴욕과 부끄러운 일을
겪지 않는다. 『노자』 44장에서는 "만족할 줄 알면 욕된 일이 없
고, 멈출 줄 알면 위태롭지 않아서 오래오래 잘 지낼 수 있다."
라고 하였고, 46장에서는 "탐욕보다 더 무거운 죄는 없고, 만족
할 줄 모르는 것보다 더 큰 재앙은 없다. 따라서 만족할 줄 아
는 데서 오는 넉넉함이 항구적인 만족이다."라고 했다. 이 잠언
은 『노자』의 말에 뿌리를 두고 만들어졌는데, 『성심잡언』과 『사
림광기』 「처기경어(處己警語)」 등에 나온다.

———————————

4

위쪽과 견주면 부족하지만
아래쪽과 견주면 넉넉하다.

將上不足, 比下有餘.

　　나보다 나은 사람과 비교하는 '상향 비교'는 더 나은 성취의
동기가 되기는 하나 질투와 열등감을 일으키고, 나보다 못한 사
람과 비교하는 '하향 비교'는 만족과 행복감을 선물하기는 하
나 현재에 안주하게 한다. 남과 비교할 필요는 없으나 굳이 비
교하자면, 나보다 나은 사람보다는 못해도 나보다 모자란 사람
보다는 낫다. 만족하며 살고자 한다면, 나은 사람과 비교하기
보다는 모자란 사람과 비교하는 것이 하나의 방편이다. 모자란
사람에 비하면 나도 꽤 잘난 사람이다. 조선 선조 때의 명신 이
원익(李元翼, 1547년~1634년)은 좌우명을 써서 "남에게는 원
망이 없게 하고, 나에게는 악행이 없게 하라. 뜻과 행실은 위쪽
과 나란히 하고, 분수와 행복은 아래쪽에 견주어라.〔無怨於人,
無惡於己. 志行上方, 分福下比.〕"라고 하였는데, 나보다 모자란
사람을 보면서 주어진 삶에 만족하라고 권하였다. 이 속담은
서진(西晉) 사람 장화(張華, 232년~300년)의 「메추라기 노래
〔鷦鷯賦〕」가 출전이다. 천계본에는 수록되지 않았으나, 추가하
였다.

본분을 지키니 몸에는 욕된 일이 없고
세상 낌새를 아니 마음은 절로 한가롭다.
인간 세상에 머물고 있기는 해도
인간 세상을 훌쩍 벗어나 산다.
　　—『이천격양집』

　『擊壤詩』云: 安分身無辱, 知幾心自閑. 雖居人世上, 却
是出人間.

　제 본분을 알고서 잘 지키는 사람에게는 굴욕당할 일이 생기지 않고, 세상 돌아가는 낌새를 먼저 아는 사람은 불안에 떨지 않고 대비를 잘한다. 다만 본분을 지키고 낌새를 안다는 것은 참 어려운 일이다. 그렇게 처신한다면 세상에 머물고 있다고 해도 세상을 초탈한 사람일 것이다. 소강절의 시 「안분음(安分吟)」으로, 『이천격양집』에 실려 있다.

그 자리에 있지 않으면 그 자리의 일을 꾀하지 않는다.
　　— 공자

子曰: 不在其位, 不謀其政.

낮은 지위에 있는 사람이 높은 지위의 정무를 논하지 말라
는 뜻으로, 『논어』 「태백」에 나오는 공자의 어록이다. 흔히 처지
에 맞게 네 일이나 잘하고 남의 일에 주제넘게 참견하지 말라
는 말로 쓰인다.

7

본심의 보존

본심을 잃지 않고 살아가는 인생 문제를 다룬 장이다. 인간의 마음은 밖으로는 물질의 유혹에 흔들리기 쉽고, 안으로는 온갖 욕망에 사로잡히기 쉽다. 본심을 지키며 살기 위해서는 마음의 긴장을 풀지 말아야 하고, 항상 자신을 성찰하는 삶을 살아야 한다. 과도한 욕심을 줄이고 쓸데없는 일과 복잡한 인간관계를 줄여서 느긋하고 낙천적으로 인생을 살도록 노력하여야 한다. 특히 남의 인생에 끼어들어 참견하거나 훈수 두지 않는 태도와 남의 마음을 헤아려 보고 남을 배려하는 행동이 소중하다. 인생의 즐거움을 누리며 인간답게 사는 삶의 여러 조건을 설명하여 귀 기울일 만한 잠언이 많다. 청주본에는 5장 다음으로 많은 82개조의 잠언이 실렸는데, 그중 24개조를 뽑았다.

밀실에 앉아서도 사통팔달 큰 거리에 있듯이 처신하고, 한 치의 마음을 제어하되 썩은 새끼줄로 여섯 마리 말을 몰듯 조심한다면 잘못에서 벗어날 수 있다.

— 『경행록』

『景行錄』云: 坐密室, 如通衢; 馭寸心, 如六馬, 可免過.

보는 눈이 많을 때는 조심하다가 혼자 있을 때는 못 하는 짓이 없다. 혼자 있을 때라도 도리에 어그러짐이 없고 언행을 삼가야 잘못을 저지르지 않는다. 마음을 제어하기란 대단히 어렵다. 항상 썩은 새끼줄로 여섯 마리 말을 몰듯이 조심하여야 잘못을 저지르지 않는다. 『서경』「오자지가(五子之歌)」에서 "나는 만백성을 다스릴 때 마치 썩은 새끼줄로 여섯 말을 모는 것처럼 두려움을 느낀다. 윗자리에 있으니 조심하지 않을 수 있겠는가?"라고 했다. 영조(英祖, 재위 1724년~1776년) 때의 양명학자 저촌(樗村) 심육(沈錥, 1685년~1753년)은 1713년의 입춘에 이 잠언을 초당에 써 놓고는 "말이 진부하기는 하지만, 실제로는 우리가 마땅히 실천해야 할 말이다."라고 했다.

2

부귀를 지혜와 능력으로 얻게 된다면
공자는 젊은 나이에 제후 자리 올랐겠지.
세상 사람들 하늘의 뜻을 알지도 못하고
부질없이 밤새도록 자기 속만 태우누나.
　—『이천격양집』

　『擊壤詩』云：富貴如將智力求, 仲尼年少合封侯. 世人不解靑天意, 空使身心半夜愁.

　부귀가 지혜롭고 능력이 출중하다고 얻어지는 물건이라면 공자는 젊은 나이에 벌써 제후 자리에 올라 부귀를 누렸을 것이다. 하지만 공자는 평생 부귀를 누리지 못했고, 오히려 지혜도 능력도 도덕성도 없는 이들은 부귀를 마음껏 누렸다. 과연 하늘이 나에게 부여한 인생은 무엇일까? 사람들은 자기가 가야 할 인생의 방향은 생각하지 않고 무조건 부귀를 얻을 고민으로 쓸데없이 속만 태우니 어리석다. 소강절이 지은 「부귀(富貴)」라는 작품으로 널리 알려졌으나, 현재 전하는 『이천격양집』에는 나오지 않는다.

3

아주 어리석은 사람도 남을 책망하는 눈은 밝고, 아주 총명한 사람도 자신을 용서하는 눈은 어둡다. 너희는 남을 책망하는 마음으로 자신을 책망하고, 자신을 용서하는 마음으로 남을 용서해라. 그렇게 했는데도 성현의 위치에 오르지 못한다? 그 점은 걱정하지 않아도 된다.

— 범순인, 「자제에게 주는 훈계」

范忠宣公誡子弟曰: 人雖至愚, 責人則明; 雖有聰明, 恕己則昏. 爾曹但當以責人之心責己, 恕己之心恕人, 不患不到聖賢地位也.

사람은 본능적으로 자기에게는 관대하고 남에게는 엄격하다. 똑같은 행위를 하고도 "내로남불(내가 하면 로맨스, 남이 하면 불륜)"의 태도를 보인다. 실패하면 남 탓이고, 성공하면 내 탓이다. 이런 자기 위주 편향(self-serving bias)의 심리를 극복하여 남과 나의 처지를 바꿔서 볼 줄 알아야 훌륭한 사람이다. 성현이 따로 없고, 그런 사람이 성현이다. 범순인(范純仁, 1027년~1101년)은 북송 중기의 학자이자 명재상이다. 증손자 범공칭(范公偁, 1126년~1158년)의 『과정록(過庭錄)』에는 그의 훌륭한 행적을 묘사한 대목이 소개되는데, 그곳에 이 훈계가 실려 있다. 외손자인 최예(崔豫)가 장안현위(長安縣尉)가 되어 자기의 능력을 자부하고 남을 잘 책망한다는 말을 듣고

서 편지를 보내 이처럼 훈계하였다. 『송명신언행록(宋名臣言行
錄)』과 『소학』 등 여러 문헌에도 실려서 명언으로 이름이 높다.

———————————

4

총명함과 지혜는 아둔함으로 지키고
천하를 뒤덮을 공훈은 겸양으로 지키고
세상을 뒤흔드는 용기는 소심함으로 지키고
천하를 소유한 부는 겸손함으로 지킨다.
— 공자

子曰: 聰明睿智, 守之以愚; 功被天下, 守之以讓; 勇力振
世, 守之以怯; 富有四海, 守之以謙.

최상의 지식과 공훈, 용기와 부를 소유한 사람이 사업이나
지위, 명예를 잃지 않고 튼튼히 지켜 내는 방법은 무엇일까? 더
많이 조심하고 겸손하여 교만에 빠지지 않도록 자신을 제어하
는 것이다. "높은 자리에 있으면 떨어질 것을 걱정하고, 가득 채
우고 있으면 넘칠 것을 경계하라.〔居高思墜, 持滿戒溢.〕"라고 했
으니, 높이 올라갈수록 자신을 더 바짝 조여야 바닥으로 떨어
지지 않는다. 『공자가어』 「삼서(三恕)」와 『순자』 「유좌」에 공자
의 어록으로 나온다. "예지(睿智)"가 천계본에는 "사예(思睿)"
로 되어 있다.

마음에는 있고 관상에는 없으면
관상이 마음을 따라서 생겨나고
관상에는 있고 마음에는 없으면
관상이 마음을 따라서 사라진다.

有心無相, 相逐心生; 有相無心, 相隨心滅.

　　관상 보기의 기본 원칙을 말한 속담이다. 사람의 용모에는 고유한 특징이 있으나, 마음을 어떻게 먹느냐에 따라 그 용모조차 바뀐다. 옛날부터 관상가가 즐겨 말한 16자 명언으로, 얼굴에 나타난 관상보다 마음에 깃들어 있는 관상, 즉 심상(心相)이 더 중요하다는 관상의 원리를 담았다. 송나라 오처후(吳處厚)가 『청상잡기(青箱雜記)』에서 관상에 관한 속담으로 인용한 이후 널리 알려졌다. 천계본에는 수록되지 않았으나, 추가하였다.

　　온갖 꾀를 부려 온갖 일을 이루어도 한결같이 어수룩한 것만 못하다.

百巧百成, 不如一拙.

　　짧게 보면 재주 가진 사람이 많은 것을 이루지만, 길게 보면
꾸준하게 제 길을 묵묵하게 가는 사람이 큰 것을 이룬다. 『사림
광기』 「처기경어」에 나오는 속담이다. 후대에는 "온갖 꾀를 부려
도 한결같이 어수룩한 것만 못하다.〔百巧不如一拙.〕"라는 축약
된 속담으로 많이 쓰였다.

―――――

7

적게 베풀고 많이 바라는 사람은 보상받지 못하고
귀해진 뒤 천할 때를 잊은 사람은 오래가지 못한다.
―『소서』

『素書』云: 薄施厚望者不報, 貴而忘賤者不久.

　　남에게는 인색하게 베풀면서 많이 얻기만 바라다니 욕심이
지나치다. 그런 사람에게 후하게 보상할 사람은 없다. 성공하
여 귀한 신분이 되자 언제 그런 적 있느냐는 듯이 처신한다. 개
구리 올챙이 적 생각을 하지 않는 이에게 행운은 오래가지 않
는다. 출전은 『소서(素書)』 「준의(遵義)」이다. 『소서』는 전한 초
기의 전략가 장량(張良)의 스승인 황석공(黃石公)이 지었다
고 전하여 『황석공 소서』로도 불리는데, 위서(僞書)로 보는 이

도 있다. 수신의 격언과 치국의 전략, 처신의 지혜를 서술한 책
이다. 북송의 재상 장상영(張商英, 1043년~1122년)이 주석을
단 책이 널리 읽히는데, 장상영이 아예 책을 지었다고 보기도
한다. 청주본에서는 이 책에서 11개조의 격언을 뽑아 수록하
였다. 당나라 사람 조유(趙蕤, 659년~742년)가 지은 제왕학의
고전 『장단경(長短經)』에도 나온다.

8

은혜를 베풀고 보답받기를 바라지 말고
남에게 주고 되돌아서 후회하지 말라.

施恩勿求報, 與人勿追悔.

　남에게 은혜를 베풀고 보답을 받으려 하거나 후회하지 말
라. 선행한 것으로 이미 보상을 받았다고 여기고 선행 자체를
즐겨라. 철학자 세네카는 「루킬리우스에게 보낸 편지(Epistulae
Morales ad Lucilium)」에서 "선행에 대한 보상은 그것을 했다는
데 있다."라고 했다. 이 격언은 『성심잡언』과 『사림광기』 「응세경
어(應世警語)에 나온다.

9

담력은 크게 가지고 마음가짐은 세심하여야 하며
지혜는 원만하고 행동은 반듯하여야 한다.
— 손사막

孫思邈言: 膽欲大而心欲小, 智欲圓而行欲方.

대담함과 세심함, 지혜와 행동은 서로 양립하기가 어려운 성향이다. 담력 있고 배포가 큰 사람은 거칠고 엉성하기 쉬우니, 꼼꼼하고 신중한 마음가짐으로 그 단점을 보완하는 것이 좋다. 지혜가 많은 사람은 실천력이 부족할 수 있으니, 반듯한 행동으로 보완하는 것이 좋다. 당나라 때의 저명한 의사인 손사막이 말한 격언으로 알려졌으나, 본래는 『회남자(淮南子)』「주술훈(主術訓)」에 나온 말이다. 나중에 『구당서』 손사막 열전과 『소학』, 『근사록』 등에 실려 널리 알려졌다.

항상 적군과 대치할 때처럼 닥칠 위험을 생각하고
항상 외나무다리를 건너듯이 마음을 써야 한다.

念念有如臨敵日, 心心常似過橋時.

하루하루가 전쟁이고 위기이다. 개인도 사회도 위기를 겪으면서 생존력을 키우지만, 안락함에 안주한다면 나태해져 몰락의 길을 가기 쉽다. 우환은 괴롭지만 극복하려 노력하면 살아나고, 안락함은 달콤하지만 그에 젖어 살다 보면 죽음을 맞는다.『맹자』「고자 하(告子下)」에는 "안으로는 법도 있는 집안과 보필하는 선비가 없고 밖으로는 적국과 외환이 없는 경우에 나라는 대개 망한다. 그런 뒤에야 우환에 살고 안락에 죽음을 알게 된다.〔入則無法家拂士, 出則無敵國外患者, 國恒亡. 然後知生於憂患, 而死於安樂也.〕"라는 구절이 있는데, 비슷한 취지의 글이다.『사림광기』「처기경어」에도 나온다. "유(有)"와 "적(敵)"이 천계본에는 "요(要)"와 "전(戰)"으로 되어 있다.

———

11

조심하면 천하 어디든 잘 다니지만
대담하면 한 발짝도 옮기기가 어렵다.

小心天下去得, 大膽寸步難移.

글자 그대로 보면 "대담하면 천하 어디든 잘 다닐 수 있으나, 조심하면 한 발짝도 옮기기가 어렵다.〔大膽天下去得, 小心寸步難移.〕"처럼 반대로 써야 뜻이 통할 듯하다. 명대의 소설집『박안경기(拍案驚奇)』등에서 패러디하여 그렇게 쓰기도 한다. 그러나 이 속담은 신중하면 어떤 일을 하든 순조롭지만, 거칠게 덤벼들면 덤벙대기나 할 뿐 아무 일도 하지 못한다는 말로 널리 쓰인다. 『박통사언해』 중권에 "상언에 이르되, 조심하면 반드시 이긴다.〔常言道, 小心必勝.〕"라는 속담을 대화 중에 쓰는데, 취지가 같다. 원대의 속담으로 원말명초의 희곡 『살구기(殺狗記)』 등에 나온다. 천계본에는 수록되지 않았으나, 추가하였다.

———————————

12

병 주둥아리를 막듯이 입을 지키고
성곽을 방어하듯이 사사로운 생각을 막아라.
— 주자

朱文公曰: 守口如瓶, 防意如城.

　병의 입구를 막아 물이 새지 않게 하듯이 입에서 허튼 말이 나오지 못하게 하고, 적의 공격에서 성곽을 방어하듯이 사악하고 그릇된 욕망이 가슴을 자극하지 못하게 한다. 주자가 공부 방법론을 밝힌 「경재잠(敬齋箴)」에 실린 말이다. 이 말은 유래가 오랜 잠언으로, 주자가 글에 녹여서 썼다. 당나라 승려 도세(道世)가 편찬한 『제경요집(諸經要集)』의 「택교부(擇交部)」에서 먼저 사용하였고, 북송의 명재상 부필(富弼, 1004년~1083년)도 좌우명으로 삼았다.

이렇게 될 줄 진작에 알았더라면 그때 그렇게 하지 않았을
텐데.

早知今日, 悔不當初.

그때 알았더라면 좋았을 것을, 일이 벌어지고 나니 후회만
남는다. 송나라 이후 유명해진 속담으로, 『고존숙어록(古尊宿
語錄)』 등 선어록과 희곡, 소설 등에 많이 나온다. 천계본에는
수록되지 않았으나, 추가하였다.

14

남에게 미안한 짓을 하지 않았다면 얼굴이 화끈거리지 않
는다.

心不負人, 面無慚色.

남 부끄러운 짓을 했다면 얼굴이 화끈거린다. 양심의 가책을
표정은 감출 수 없다. 아리스토텔레스가 『수사학』에서 "부끄러
움은 눈에서 드러난다."라고 한 말도 같은 뜻이다. 얼굴이 화끈
거릴 부끄러운 짓을 하지 말아야 하는 이유이다. 당나라 이후

널리 알려진 속담이다.『경덕전등록(景德傳燈錄)』과『고존숙어록』등에서 선승들이 자주 사용하였다.

15

재물을 많이 구하지 못해 한탄하지만
재물이 많아지면 남도 해치고, 자기도 해친다.
―『장자』

『莊子』云: 求財恨不多, 財多害人己.

　재물을 많이 얻지 못해 안달하지만, 재물이 많아진 다음에는 그 재물이 소유한 사람을 파괴하기 시작한다.『신집』337에서 뽑은 격언으로, 그 앞에는 "칼을 갈며 날카롭지 않다고 아쉬워하지만, 칼이 날카로워지면 손가락을 벤다.〔磨刀恨不利, 刀利傷人指.〕"라는 구절이 더 있다. 천계본에는 수록되지 않았으나, 추가하였다.

16

사람 중에는 백 년 사는 사람이 없건마는
부질없이 천 년의 계획을 세우고 있구나.

人無百歲人, 枉作千年計.

　기껏해야 백 년 사는 인생인데 천 년을 살 것처럼 무모한 일을 벌인다. 과욕을 부려 무너지지 않을 왕국을 만들려 하지 말라. 당나라 때의 백화시인(白話詩人) 왕범지(王梵志)의 시로, 후대에는 작가가 불분명한 속담으로 널리 알려졌다. 왕범지의 시는 다음과 같다. "세상에는 백 년 사는 사람이 없건마는, 천 년을 살 듯이 억지 계획 세우누나. 쇠를 두들겨 문지방을 만드는 그때, 귀신이 보고서 손뼉 치며 웃고 있구나![世無百年人, 强作千年調. 打鐵作門限, 鬼見拍手笑.]"

17

자손에게는 자손 몫의 복이 따로 있으니
자손 위해 앞날까지 근심하고 걱정하지 말라.

兒孫自有兒孫福, 莫與兒孫作遠憂.

　아들과 손자의 앞날을 걱정하는 부모와 어른에게 지나치게 염려하지 말라는 당부이다. 송나라 이래 널리 사용된 격언이다. 북송의 유명한 도사인 서수신(徐守信, 1032년~1108년)의 『서신옹어록(徐神翁語錄)』 권1에는 "허둥지둥 세월은 강물처럼 흘러가니, 때에 맞춰 쉬엄쉬엄 나날을 보내라. 자손에게는 자손

몫의 복이 따로 있으니, 자손 위해 마소처럼 뼈 빠지게 일하지 말라.〔汲汲光陰似水流, 隨時得過便須休. 兒孫自有兒孫福, 莫與兒孫作馬牛.〕"라는 시가 있다. 천계본에는 수록되지 않았으나, 추가하였다.

18

관리가 부정을 저지르면 자리를 잃었을 때 후회하고
부자가 아껴 쓰지 않으면 가난해졌을 때 후회하고
젊어서 기예를 배우지 않으면 시기가 지났을 때 후회하고
일을 보고 배워 두지 않으면 써먹을 때 후회하고
술에 취해 큰소리치면 깨어난 때 후회하고
건강할 때 쉬지 않으면 병들었을 때 후회한다.
— 구준, 「육회명(六悔銘)」

寇萊公「六悔銘」: 官行私曲失時悔, 富不儉用貧時悔. 藝不少學過時悔, 見事不學用時悔. 醉後狂言醒時悔, 安不將息病時悔.

구준(寇準, 961년~1023년)은 북송 초기의 명신으로, 거란족의 침입을 막은 공훈을 세워 내국공(萊國公)에 봉해져 구래공(寇萊公)이라 불린다. 그의 유명한 좌우명은 『사림광기』「경세격언(警世格言)」에 "때를 놓치고 후회하는 여섯 가지〔過時六

悔)"라는 표제로 수록되어 널리 알려졌다. 기회를 놓치고 후회하는 일이 많으나, 누구나 공감할 만한 여섯 가지 일을 특별히 꼽았다. 천 년 전 격언이라도 공감할 말이다. 12조에 "이렇게 될 줄 진작에 알았더라면 그때 그렇게 하지 않았을 텐데"라는 격언이 있기는 하지만, 설령 알아도 하지 못하고 끝내 후회만 남기는 것이 인간이다.

19

거친 차와 맛없는 밥이라도 배부르면 됐고
노닥노닥 기운 옷으로 추위를 막아도 따뜻하면 됐고
그럭저럭 평탄하게 살면서 삶을 보내면 됐고
탐내지 않고 질투하지 않으면서 늙으면 됐다.
— 손방, 「안락법(安樂法)」

孫景初安樂法: 麤茶淡飯飽即休, 補破遮寒暖即休. 三平二滿過即休, 不貪不妬老即休.

　인생을 안락하고 건강하게 사는 법을 명의가 알려 준다. 손방(孫昉)은 북송 때 태의(太醫)를 지낸 명의로, 자는 경초(景初)이고, 사휴거사(四休居士)라는 호를 썼다. 호를 사휴로 지은 이유를 밝힌 것이 이 잠언이다. 저명한 시인 산곡(山谷) 황정견(黃庭堅, 1045년~1105년)이 「사휴거사시서(四休居士詩

序)」라는 글을 지어 그가 사는 법을 예찬했고, 나중에 『사림광기』 「경세격언」에서 "안락사휴(安樂四休)"라는 표제로 채록하였다. 천계본에는 수록되지 않았으나, 추가하였다.

20

아무 일 없이 가난하게 살지언정
갖은 일 겪으며 부유하게 살지 마라.
아무 일 없이 초가집에서 살지언정
갖은 일 겪으며 고대광실에 살지 마라.
병 없이 거친 밥을 먹을지언정
병들어 좋은 약을 먹지 마라.
— 『익지서』

『益智書』云: 寧無事而家貧, 莫有事而家富; 寧無事而住茅屋, 不有事而住金屋; 寧無病而食䲹飯, 不有病而食良藥.

대저택에 사는 부자가 초가집에 사는 가난뱅이보다 낫다. 다만 우환과 질병으로 고생하는 부자는 아니다. 병이 들어 값비싼 약을 먹는 부자보다는 차라리 병이 없이 거친 밥을 먹는 빈자가 낫다. "건장한 걸인이 병든 임금보다 행복하다."라는 아르투어 쇼펜하우어(Arthur Schopenhauer, 1788년~1860년)의 말에 공감하게 된다. 『진언요결(眞言要決)』 권1에 나오는 긴 글을

축약하고 다듬었다. 『신집』 239에서도 『진언요결』을 인용하여
소개하였다. 여기에는 "병 없이 초가집에 앉아 있을지언정 병들
어 고대광실에 앉아 있지 마라. 병 없이 나무 침대에 누울지언
정 병들어 옥 침대에 눕지 마라. 병 없이 푸성귀를 먹을지언정
병들어 진수성찬 먹지 마라. 병 없이 지팡이 짚고 다닐지언정
병들어 건장한 말을 타지 마라."라는 내용이 추가되어 있다.

<hr>

21

마음이 편안하면 오두막집도 살 만하고
심경이 안정되면 나물국도 향기롭다.
세상일은 평정하여야 바야흐로 보이고
인정은 담박하여야 비로소 오래 간다.

心安茅屋穩, 性定菜羹香. 世事靜方見, 人情淡始長.

마음이 안정되면 초가삼간도 아늑하여 살 만하고, 나물국도
맛나게 먹는다. 욕망이 꿈틀대는 사람은 견디지 못할 처지도 잘
만 견딘다. 평정심을 유지하여야 세상일도 더 잘 통찰할 수 있
고, 마음이 담박하여야 인정도 더 오래 유지된다. 천계본에는
뒤의 두 구절을 버리고 앞의 두 구절만 수록하였다.

22

남 탓을 잘하는 사람과는 관계를 지속하기가 어렵고
자신에게 너그러운 사람은 잘못을 고치지 못한다.
―『경행록』

『景行錄』云: 責人者不全交, 自恕者不改過.

공자는 "자기는 무겁게 책망하고, 남은 가볍게 책망하라.〔躬自
厚, 而薄責於人.〕"라고 하였다. 그래야 남들이 원망하지 않는다는
것이다. 그 반대로 한다면 질책을 당한 사람은 싫어하여 멀어질
테고, 자신은 잘못을 고치고 인격을 수양할 기회를 놓친다.

처자식을 사랑하는 마음으로 부모를 섬기면 효도를 충분
히 잘하고
부귀를 지키는 계책으로 군주를 받들면 어디에서든 충성
할 수 있다.
남을 책망하는 마음으로 자신을 책망하면 잘못이 줄어들고
자신에게 너그러운 마음으로 남에게 너그러우면 우정이
지속된다.
―『경행록』

『景行錄』云: 以愛妻子之心事親, 則曲盡其孝; 以保富貴之策奉君, 則無往不忠; 以責人之心責己, 則寡過; 以恕己之心恕人, 則全交.

자기의 행복과 이익을 추구하는 욕구는 인간의 본능이다. 그 욕구를 이기주의라고 매도할 수만은 없다. 그렇다고 다른 사람의 복리를 해치면서까지 추구해도 좋다는 것은 아니다. 본능적 욕구를 자기만의 범위를 넘어서 부모에게, 국가에, 친구에게 점차 확장한다면 더 훌륭한 사람이다. "경행록운(景行錄云)"이 천계본에는 빠져 있으나, 오류이다.

24

일을 만들면 일이 생기고
일을 덜면 일이 줄어든다.

生事事生, 省事事省.

일에 치여 살지 않으려면 일을 줄여야 한다. 일은 만들면 만들수록 늘어나 일에 치여 삶이 버겁다. 일은 덜면 줄일 수 있고, 일을 줄이면 마음은 홀가분하고 삶은 여유가 있다. 원나라 때의 속담으로, 원나라 초엽의 도사 이도순(李道純)이 『도덕회원(道德會元)』에서 인용하였다. 이후에 오징(吳澄, 1249년~

1333년)은 「이안도자설(李安道字說)」에서 이 속담을 인용하여 도를 즐기는 방법을 말하였다. "속담에 '일을 만들면 일이 생기고, 일을 덜면 일이 줄어든다.'라고 하였다. 사람이 세상일을 몽땅 끊지는 못하나, 줄이는 것은 할 수 있다. 일을 줄이면 마음이 일에 휩쓸리지 않고 안정된다. 이것이 도를 편안히 즐기는 방법이다."라고 하였다.

8

계성편 戒性篇
성질 참기

성질을 함부로 부리지 말고 화를 참고 견디라고 충고한 격언을 모은 장이다. 화를 돋우는 일로 가득한 세상에서 인내는 꼭 필요한 성품의 하나이다. 혈기를 참지 못하고 화를 불쑥 터뜨리면 속은 잠깐 시원할지 모르나, 흔히는 새로운 우환이 생긴다. 근심거리를 새로 만들지 않으려면 참을성 있는 성품을 가져야 걱정이 없다. 툭하면 화를 내는 성질을, 남과 잘 다투는 어리석은 행동을 경계하였다. 도가와 불교에 뿌리를 둔 잠언과 구전 속담에서 인용한 내용이 다수를 차지한다. 청주본 15개조 가운데 9개조를 뽑았다.

1

사람의 성질은 물과 같다. 물을 한번 쏟으면 도로 담을 수
없듯이, 성질을 한번 실컷 부리면 되돌이킬 수 없다. 물을 제
어하려면 제방을 쌓아야 하듯이 성질을 제어하려면 예법이
꼭 필요하다.

—『경행록』

『景行錄』云: 人性如水. 水一傾則不可複, 性一縱則不可
反. 制水者, 必以堤防; 制性者, 必以禮法.

화가 나서 왈칵 성질을 부리면 저지른 말과 행동을 거두어
들일 수 없다. 후회해 본들 이미 바닥에 쏟아진 물이다. 최소한
의 예의를 지키려고 노력하여야 성질을 폭발시키지 않을 수 있
다. 요한 볼프강 괴테(Johann Wolfgang von Goethe, 1749년~
1832년)는 『잠언과 성찰(Maximen und Reflexionen)』에서 "세
상이 원하는 것은 감정이 아니라 예의이다."라고 하였다.

2

한때의 끓는 혈기를 참으면 백날 겪을 근심을 벗어난다.

忍一時之氣, 免百日之憂.

자잘한 일에 핏대를 세우거나 충동적으로 분노를 표출한다면 분노 조절 장애가 아닌지 의심해 볼 일이다. 그런 질환 정도는 아니어도 화를 잘못 내고 나면 두고두고 후회한다. 1분만 참으면 10년이 평온하다. 혈기를 참으면 삶이 평온하다.

3

참을 일이 생기면 참고
삼갈 일이 생기면 삼가라.
참지 않고 삼가지 않으면
작은 일이 큰일이 된다.

得忍且忍, 得戒且戒. 不忍不戒, 小事成大.

참아야 할 일은 참고 삼갈 일은 삼가야 작은 일이 큰일로 번지지 않는다. 심기가 조금만 상해도 분노하고 자존심을 조금만 건드려도 다투면, 걷잡을 수 없게 일이 벌어져 큰 손해를 입거나 패가망신하기도 한다. 이방헌의 『성심잡언』에 수록된 잠언인데, 팽중강(膨仲剛, 1143년~1194년)은 「분노와 다툼의 경계〔戒忿爭〕」에서 속어라고 하며 인용하였다. 『사림광기』「처기경어」 등 원나라 때의 여러 저술에 등장한다.

어리석은 자가 성내고 노여워하니
모두가 이치를 모르는 탓이다.
마음에 불을 더 보태지 말고
귓가를 스치는 바람이거니 여겨라.
잘나고 못난 것은 어느 집에나 있고
환대하고 박대하기는 어느 곳이나 같더라.
옳거나 그르거나 참모습이 아니니
결국에는 모든 것이 헛것이 된다.

愚濁生嗔怒, 皆因理不通. 休添心上焰, 只作耳邊風. 長
短家家有, 炎涼處處同. 是非無實相, 究竟摠成空.

　　어리석은 자는 화를 크게 내지만, 지혜로운 자는 화를 크게
내지 않는다. 사람을 화나게 만드는 불공정과 옳고 그름, 환대
와 박대는 현실 세계의 본모습이다. 화를 몹시 낸다고 하여 본
모습이 바뀌지 않는다. 가치가 전도된 세상의 현실은 근본적으
로 헛것이니, 화를 유발하는 온갖 소리를 귓가를 스치는 바람
이거니 여기는 것이 지혜로운 처신이다. 원나라 때부터 널리 알
려진 시이다. "염(焰)"이 천계본에는 "화(火)"로 되어 있다.

제자 자장이 먼 길을 떠날 때 공자에게 하직 인사를 올리며 "한마디 말씀을 내려 주셔서 제가 잘 수양할 수 있게 해 주십시오."라고 부탁하였다. 공자가 "온갖 처신에는 참는 것이 으뜸가는 근본이니라."라고 했다. 자장이 "어째서 참아야 하는지요?"라고 되물었다. 공자가 이렇게 말했다. "천자가 참으면 나라에 해가 없고, 제후가 참으면 더 큰 나라를 이룬다. 관리가 참으면 지위가 올라가고, 형제가 참으면 집안이 부귀해진다. 부부가 참으면 평생을 해로하고, 친구끼리 참으면 우정을 잃지 않는다. 사람은 누구나 참으면 우환이 없어진다." 이에 자장이 "참지 않으면 어떻게 되는지요?"라고 물었더니 공자가 말했다. "천자가 참지 않으면 나라가 비고, 제후가 참지 않으면 몸을 잃는다. 관리가 참지 않으면 형벌로 죽임을 당하고, 형제가 참지 않으면 뿔뿔이 흩어진다. 부부가 참지 않으면 자식이 고아가 되고, 친구끼리 참지 않으면 사이가 서먹서먹해진다. 사람은 누구나 참지 않으면 우환이 끊이지 않는다." 그 말을 듣고 자장이 말하였다. "훌륭하고 아름다운 말씀입니다. 참기란 어렵고도 어렵습니다. 사람다운 사람이 아니면 참지 못하고, 참지 못하면 사람다운 사람이 아닙니다."

子張欲行, 辭於夫子. "願賜一言, 爲修身之美." 夫子曰: "百行之本, 忍之爲上." 子張曰: "何爲忍之?" 夫子曰: "天子忍之國無害, 諸侯忍之成其大, 官吏忍之進其位, 兄弟忍之

家富貴，夫妻忍之終其世，朋友忍之名不廢，自身忍之無患
禍." 子張曰: "不忍何如?" 夫子曰: "天子不忍國空虛，諸侯
不忍喪其軀，官吏不忍刑法誅，兄弟不忍各分居，夫妻不忍
令子孤，朋友不忍情意疏，自身不忍患不除." 子張曰: "善哉
善哉! 難忍難忍! 非人不忍，不忍非人."

　　참았을 때와 참지 않았을 때의 결과는 정반대로 나타난다.
크게는 제왕과 관리에서부터 작게는 형제, 부부, 친구 사이와
자기 자신에게까지 큰 차이를 낳는다. 참지 않고 혈기를 부리면
어떤 지위에 있든지 큰 문제를 일으키고 손해를 낳는다. 일상의
모든 행동에서 인내심을 길러야 하는 이유이다. 참지 않으면 사
람답지 못한 사람이 될 수 있으니, 사람다운 사람으로 살기 위
해서는 참을성이 있어야 한다. 공자와 제자의 문답으로 이루어
진 이 글은 선진(先秦) 시대의 문헌에는 나오지 않는다. 둔황
에서 출토된 격언집 『잡초(雜抄)』에 나오는데, 문장과 글자에는
차이가 있다.

6

자신을 굽히는 사람은 많은 사람과 잘 어울리고
남을 이기려 드는 사람은 반드시 적수를 만난다.
　—『경행록』

『景行錄』云: 屈己者能處衆, 好勝者必遇敵.

　　겸손한 사람은 실력이 있는데도 남에게 굽히고, 그런 사람을 남도 좋아하여 잘 따른다. 지고는 못 사는 호승심이 강한 사람은 남을 많이 이겨 보았겠지만, 언젠가는 자기보다 더 센 적수를 만나게 마련이다. "많은 사람〔衆〕"이 청주본과 흑구본, 천계본에는 "무거움〔重〕"으로 되어 있다. 『성심잡언』과 중간본을 따라 수정하였는데, 그것이 문리에도 맞다.

———

7

악인이 선인에게 욕을 하여도
선인은 절대로 맞서지 마라.
선인이 맞서서 함께 욕하면
이나 저나 지혜 없긴 마찬가지다.
맞서지 않는 이는 마음 맑아도
욕한 이는 부글부글 입이 끓는다.
하늘 향해 침을 뱉는 바보 얼굴에
침이 도로 떨어짐과 다름이 없다.

惡人罵善人, 善人總不對. 善人若還罵, 彼此無智慧. 不對心淸涼, 罵者口熱沸. 正如人唾天, 還從己身墜.

남에게 욕을 얻어먹고도 화를 내지 않기는 몹시 어렵다. 불경 『사십이장경(四十二章經)』에 나오는 어려운 일 스무 가지 가운데 하나이다. 그러나 욕을 하면 욕을 한 사람의 입이 더러워질 뿐, 욕을 얻어먹은 사람이 더러워지지는 않는다. 남을 욕하면 결국은 제 욕이 될 뿐이다. 하늘에 대고 침을 뱉는다는 말은 『사십이장경』에 나오는 것으로, "악인이 현자를 해치는 짓은 마치 하늘을 향해 침을 뱉는 것과 같다. 침이 하늘에 닿지도 않고 도로 자기에게 떨어진다.〔惡人害賢者, 猶仰天而唾, 唾不至天, 還從己墮.〕"라고 하였다. 송나라의 승려 시인 자수회심(慈受懷深, 1077년~1132년)이 당나라의 시승(詩僧) 한산(寒山)의 시를 본떠 지은 작품집인 『의한산시(擬寒山詩)』의 74수이다. 자수회심의 시는 한산의 시와 함께 간행되어 널리 읽혔는데, 우리나라에서도 일찍부터 간행되어 알려졌다. 청주본에서는 그의 시를 세 편 수록하였다. 그런데 천계본에서는 3구와 4구를 누락하여 6구의 시로 만들어 읽었다. 잘못된 누락이므로 바로잡았다.

8

내가 설령 남에게 욕을 먹어도
귀먹은 척 옳고 그름 가리지 않네.
그런 욕은 허공 태우는 들불과 같아
끄지 않아도 저절로 꺼지게 마련.

노여움의 불길도 이와 같아서
상대가 있어야만 타오르는 법.
내 마음은 허공과 다르지 않아
네 입술 나불대는 소리만 들려.

我若被人罵, 佯聾不分說. 譬如火燒空, 不救自然滅. 瞋
火亦如是, 有物遭他爇, 我心等虛空, 聽你翻脣舌.

　　앞의 7조와 마찬가지로 남에게 욕설을 들었을 때 대처하는
지혜를 시로 썼다. 옳으니 그르니 맞서서 따져 봐야 의미 없다.
핏대를 올리며 노여워하는 사람을 더 자극하여, 말벌을 건드린
것처럼 더 불타오른다. 맞서지 않고 무시하면 제풀에 잦아든다.
프랑스 속담에 "잘 견디는 자가 늘 승자이다."라고 하였다. 한산
의 시를 본떠 지은 자수회심의 시로,『의한산시』106수이다. 천
계본에서는 5구와 6구를 누락하여 6구의 시로 만들어 읽었다.
잘못된 누락이므로 바로잡았다.

———————

9

　　매사에 인정을 조금 남겨 두면, 나중에 좋은 낯으로 볼 수
있다.

凡事留人情, 後來好相見.

사이가 틀어지면 말이 험악해지고 낯빛이 사나워져 다시는 보지 못할 관계로 헤어진다. 살다 보면 다시 맞대면할 일이 생길 텐데 그때는 무슨 낯으로 볼 건가? 다시는 안 볼 사람처럼 극단적인 모진 말로 관계를 끊어 놓는 짓은 어리석다. 당시의 속담으로 널리 쓰였다. 후대에는 "헤어질 때 정을 조금 남겨 두면, 오랜 뒤에라도 좋게 만날 수 있다.〔人情留一線, 久後好相見.〕"라는 속담으로 널리 쓰인다.

9

부지런히 배우기

배움의 의의와 가치를 역설한 격언을 모은 장이다. 유학자가 배움을 권유한 어록과 『태공가교』와 같은 통속적 계몽서에서 배움에 열의를 가지라고 당부한 잠언이 섞여 있다. 옛사람의 배움에 대한 열망과 그 시대의 공부법을 엿볼 수 있다. 청주본 22개조 가운데 7개조를 뽑았다.

1

폭넓게 배우고 독실하게 기억하며 절실하게 묻고 가까운 일
부터 생각하면, 어짊이 그 가운데 있을 것이다.
— 자하

子夏曰: 博學而篤志, 切問而近思, 仁在其中矣.

출전은 『논어』 「자장(子張)」으로, 공자의 제자인 자하가 한
말이다. 공자에게서 학문에 조예가 있다는 평을 들은 제자답게
유학이 지향한 배움의 자세를 다음과 같이 뚜렷하게 제시하였
다. 하나만을 고집하지 않고 두루 넓게 배우고, 배운 것은 잊지
않고 마음에 깊이 새겨 둔다. 두루뭉술 묻지 말고 절실하게 꼬
치꼬치 질문하고, 삶과 밀착한 가까운 일부터 고민한다. "자하
(子夏)"가 천계본에는 "자(子)"로 되어 있는데, 이는 오류이다.

2

사람이 배우지 않는 것은 하늘을 올라가려고 하면서 방법
을 찾지 않는 것과 같다. 배워서 지혜가 깊어지면, 상서로운
구름을 헤치고 푸른 하늘을 보는 것과 같고, 높은 산에 올라
서 천하를 내려다보는 것과 같다.
— 『장자』

『莊子』云: 人之不學, 若登天而無術. 學而智遠, 若披祥
雲而覩靑天, 如登高山而望四海.

　　배움은 하늘을 오르는 방법이다. 배운 사람은 구름을 헤치
고 푸른 하늘도 볼 수 있고, 높은 산에 올라 사해도 내려다볼
수 있다. 배우지 않으면 하늘을 오를 길이 없다. 현재 전하는
『장자』와 다른 문헌에는 나오지 않는 글이다. "여(如)"가 천계
본에는 빠져 있다.

———

3

옥은 가공하지 않으면 옥그릇을 이루지 못하고
사람은 배우지 않으면 의로움을 알지 못한다.
―『예기』

『禮記』云: 玉不琢, 不成器; 人不學, 不知義.

　　원석에 들어 있는 옥은 쪼아서 가공하여야 귀중한 옥기(玉
器)가 된다. 재능이 있는 사람이라도 배우지 않으면 무엇이 옳
은 길인지 모른다. 사람은 배워야 능력을 발휘할 수 있는 인재
로 성장한다. 『예기(禮記)』「학기(學記)」에 나오는데, "의로움
〔義〕"이 "도(道)"로 되어 있다.

4

사람으로 태어나 배우지 않으면 밤길을 가듯이 어둡다.
— 『태공가교』

太公曰: 人生不學, 冥冥如夜行.

공부한 사람은 해가 뜬 낮을 사는 사람이고, 공부하지 않은 사람은 어둠이 짙은 밤을 사는 사람이다. 깜깜한 밤길을 가듯 헤매는 사람이 되지 않으려면 배워야 한다. 이 말은 『태공가교』와 『신집』 427, 『잡초』 등에 나온다. 『태공가교』에는 "나이 어려 배우는 것은 해가 뜰 때의 햇살과 같고, 나이 젊어 배우는 것은 중천에 뜬 햇볕과 같으며, 나이 늙어 배우는 것은 해가 질 때의 석양과 같다. 사람으로서 배우지 않으면 밤길을 가듯 어둡다.〔小而學者, 如日出之光; 長而學者, 如日中之光; 老而學者, 如日暮之光. 人而不學, 冥冥如夜行.〕"라고 하였다. 나이가 어떻든 배우는 사람은 대낮같이 밝은 그 사람만의 빛을 발산한다. "명명여(冥冥如)"가 천계본에는 "여명명(如冥冥)"으로 되어 있다.

5

초를 만들어 밝음을 구하고
책을 읽어 진리를 찾는다.

촛불은 어두운 방을 비춰 주고
진리는 사람의 마음을 밝게 비춘다.
— 『직언결』

『直言訣』曰: 造燭求明, 讀書求理. 明以照暗室, 理以照
人心.

촛불을 켜서 어두운 방을 밝히듯이 책을 읽어 진리를 찾는
다.『진언요결』권1에 나오는 "초를 만드는 것은 환한 밝음을 구
하기 위함이고, 경서를 읽는 것은 진리를 찾기 위함이다. 밝음
은 어두운 방을 환히 비추고, 진리는 어두운 마음을 밝게 비춘
다.〔造燭者爲求其明, 讀經者爲求其理, 明以照暗室, 理以照暗心.〕"
라는 문장을 다듬어 만든 격언이다.『신집』267에도 비슷하게
나온다. 천계본에는 수록되지 않았으나, 추가하였다.

6

배움의 기회를 놓칠까 봐 안달해야 하고, 배운 것도 잃어버
릴까 봐 조바심을 내어야 한다.
— 『논어』

『論語』云: 學如不及, 猶恐失之.

『논어』「태백」에서 공자가 한 말이다. 1장 11조에서 공자는 "선행을 보거든 기회를 놓칠까 봐 안달하며 서둘러 행하고"라는 비슷한 말을 하였다. 선행의 기회처럼 배움의 기회가 우리 앞에 항상 있는 것은 아니다. 공부할 좋은 기회가 생겼을 때 그 기회를 잃지 말고 서둘러 배우려고 노력하여야 한다.

———————

7

늙을 때까지 공부하니, 늙은 줄도 몰랐다.

學到老, 不會到老.

당시에 널리 알려진 속담인데, 누가 한 말인지는 알 수 없다. 이 말에서 파생된 속담이 "늙도록 활동하고, 늙도록 배운다.〔活到老, 學到老.〕"이다. 늙어 죽을 때까지 배움은 끝이 없다는 뜻으로, 현대 중국에서는 평생 학습의 명구로 널리 사용한다. 천계본에는 수록되지 않았으나, 추가하였다.

10

자녀 교육

자녀 교육의 의의를 밝히고 교육의 방법을 제시한 격언을
모은 장이다. 자녀가 가정과 사회에서 부모와 어른, 스승에게
배우도록 부모는 여러 형태의 교육 환경을 만들어 주어야 한
다. 자녀 교육보다 중요한 일이 없다면서 부모의 중요한 의무
로 여겼다. 그 방법으로는 엄한 교육을 중시하여 매를 들어서
라도 인성과 습관을 바로 잡아 주어야 한다고 하였다. "예쁜
아이에게는 매를 많이 들고 미운 아이에게는 밥을 많이 주어
라."라는 속담을 비롯해 여러 조에서 엄한 교육을 강조하였다.
한편 물질적 유산보다 교육과 기술 습득을 통해 스스로 살아
갈 방법을 자녀에게 유산으로 물려주라는 주장도 주목할 만
하다. 청주본 17개조 가운데 8개조를 뽑았다.

1

손님이 찾아오지 않으면 집안이 저속해지고
글을 가르치지 않으면 자손이 어리석어진다.
— 『경행록』

『景行錄』云: 賓客不來門戶俗, 詩書無教子孫愚.

　손님이 찾아오고 자녀가 글을 배우는 가정이 좋은 가정이
다. 첫 구절은 위진(危稹, 1158년~1234년)이 지은 「접객편(接
客篇)」의 마지막 구절이다. 익살스럽게 지은 이 시는 남송 사람
유극장(劉克莊, 1187년~1269년)의 『후촌시화(後村詩話)』에
전한다. "손님을 맞이하네, 손님을 맞이하네. 높은 분도 맞이하
고, 낮은 분도 맞이하네. 큰 놈은 착하게 차를 잘도 내오고, 작
은 놈은 달려와서 인사를 잘도 하네. 집사람이 삼단 같은 머리
를 자르지 않으니, 나는 『당서(唐書)』를 전당포에 맡기고 음식
을 장만해야지. 『당서』는 맡겼다가 되찾아 오면 되지만, 손님이
찾아오지 않으면 집안이 저속해지네.〔接客接客, 高亦接低亦接.
大兒穩善會傳茶, 小兒踉蹡能作揖. 家人不用翦髻雲, 我典唐書充饌
設. 唐書典了猶可贖, 賓客不來門戶俗.〕"
　뒤 구절은 백거이(白居易, 772년~846년)의 「자식을 훈계한
글〔勉子文〕」의 두 번째 구절을 다듬은 것이다. 이 시는 『고문진
보(古文眞寶)』 전집(前集)과 청주본 『명심보감』 10장 3조에
"밭 있어도 갈지 않으면 곡식 창고가 비고, 책 있어도 가르치지

않으면 자손이 어리석다. 창고가 비면 생활이 궁핍해지고, 자손이 어리석으면 예의를 못 차린다. 밭도 갈게 하지 않고 책도 가르치지 않는다면, 그야말로 부모와 어른의 잘못이다.〔有田不耕倉廩虛, 有書不敎子孫愚. 倉廩虛兮歲月乏, 子孫愚兮禮義疏. 若惟不耕與不敎, 是乃父兄之過歟.〕"라는 내용으로 수록되었다.

———————

2

아무리 작은 일이라도 도모하지 않으면 이루지 못하고
아무리 똑똑한 자식이라도 가르치지 않으면 사리에 밝지 못하다.
— 『장자』

『莊子』曰: 事雖小, 不作不成; 子雖賢, 不敎不明.

작은 일이라고 가볍게 여기고 손을 대지 않으면 그 어떤 일도 이뤄지지 않는다. 작은 일부터 최선을 다해야 한다. 똑똑하고 재능이 있다고 해도 가르치지 않으면 견문이 트이지 않고 능력을 발휘하지 못한다. 똑똑할수록 가르쳐야 한다. 현재 전하는 『장자』에는 나오지 않는 말이다.

황금 바구니를 자식에게 남겨 주는 것이 한 권의 경서를 가르치는 것만 못하고

천금을 자식에게 물려주는 것이 한 가지 기예를 가르치는 것만 못하다.

—『한서』

『漢書』云: 黃金滿籯, 不如敎子一經; 賜子千金, 不如敎子一藝.

유산으로 재물을 물려주는 것이 대물림의 오랜 통념이다. 하지만 잘 배운 기술 하나가 막대한 유산보다 낫다. 옛날에도 재물을 물려주느니 많은 교육과 뛰어난 기술을 익히게 하는 것이 더 나은 대물림이라고 여겼다. 두 개의 속담을 하나로 합한 격언이다. 앞 구절은『한서』위현 열전에서 인용하였다. 한나라 때의 학자이자 승상인 위현(韋賢)이 네 아들을 두었는데, 막내아들 위현성(韋玄成)은 특히 경서에 밝아 벼슬이 승상에 이르자 이런 속담이 유행하였다. 뒤 구절은 둔황 출토 사본인『태공가교』와『신집』262,『잡초』등에 나오는 속담으로, 앞 구절과 짝을 맞췄다. 원나라 학자 공제(孔齊)는『지정직기(至正直記)』에서 "날마다 일천 문(文)의 돈을 주는 것이 한 가지 기예로 몸을 보전하는 것만 못하다.〔日進千文, 不如一藝防身.〕"라는 속담을 인용했다. 배워야 할 기예로는 독서가 가장 낫다고 했고, 그

안중근(安重根, 1879년~1910년) 의사의 유묵 "황금백만냥, 불여일교자"로, "황금 백만 냥은 한결같이 자식을 가르침만 못하다."라는 뜻이다. 대한민국역사박물관 소장. 중국의 여순 감옥에 투옥 중이던 1910년 3월에 쓴 글씨로, 2022년에 보물로 지정되었다. 『명심보감』의 구절을 조금 더 평이하게 수정하여 썼다. 힘차고 기개가 있는 글씨로, 교육을 중시한 소신을 드러냈다.

다음은 힘을 쓰는 농사라고 했으며, 그다음은 장인과 장사라고
했다. 영조 시기에 노성 현감을 지낸 이황중(李黃中, 1701년~
1783년)은 자신과 아전의 자제를 교육하는 학당을 관아에 열
고 교일당(敎一堂)이라 명명했는데, 이 속담에서 따온 것이다.

———

4

책을 읽는 것보다 더 큰 즐거움은 없고
자식을 가르치는 것보다 더 중요한 일은 없다.

至樂莫如讀書, 至要莫如敎子.

독서에 취미를 붙인 사람은 큰 즐거움을 누린다. 독서는 그
자체로 즐거운 일이지만, 동시에 지적 만족감과 사회적 성취감
을 선물한다. 책을 읽는 사람은 자녀에게 공부의 본보기가 되
어 그 선물을 다음 세대에게 넘겨줄 수 있다. 한 가정에서 자녀
교육보다 더 앞세울 일은 없다. 『성심잡언』에 나오는 잠언이다.

———

5

엄한 아버지 밑에서 효도하는 아들이 나오고
엄한 어머니 밑에서 슬기로운 딸이 나온다.

嚴父出孝子, 嚴母出巧女.

　가정교육은 엄하여야 한다. 사랑스럽다고 오냐오냐 받아만
주면 올바른 인성을 갖춘 아이로 성장하는 것을 방해한다. 엄
한 부모의 교육 아래 인성과 능력이 잘 갖춰진 자녀가 나온다
는 전통적인 교육관을 보여 준다. 『사림광기』「치가경어(治家警
語)」에도 나오는 격언이다. 천계본과 이후 모든 초록본에는 “슬
기로운 딸[巧女]”이 “효도하는 딸[孝女]”로 되어 있다. 기교를 뜻
하는 “교(巧)”라는 말에 거부감을 느낀 조선 사람이 의도적으
로 “효(孝)”로 바꿔서 제시하였다.

———

6

예쁜 아이에게는 매를 많이 들고
미운 아이에게는 밥을 많이 주어라.

憐兒多與棒, 憎兒多與食.

　당시의 속담이다. 중세 라틴어 속담에도 “자식을 사랑하는
이는 매로 다스린다.”라고 하였다. 정조 때의 학자 이덕무(李德
懋, 1741년~1793년)는 『사소절(士小節)』에서 당시 속담에 “미
운 아이에게는 떡을 많이 주고 예쁜 아이에게는 매를 많이 들
어라.[憎兒多與餠, 愛兒多與打.]”라는 말이 있다고 하였다. 현대의

우리 속담 "귀한 자식 매 한 대 더 때리고, 미운 자식 떡 하나 더 준다."가 여기에서 나왔다.

7

뽕나무 가지가 어릴 때 비뚤어지면
크게 자라서는 비뚤어졌어도 굽히지 않는다.

桑條從小鬱, 長大鬱不屈.

아이가 어릴 때 성품과 습관을 고쳐야지, 나이 들어서는 고치기가 어렵다. 당시 속담으로, 나중에는 "뽕나무 가지가 어릴 때부터 꼿꼿하면, 크게 자라서도 비뚤어지지 않는다.〔桑條從小直, 長大就不歪.〕"라고 쓰기도 하였다. 『성심언(醒心諺)』이라는 시집에는 자녀가 어릴 때 버릇을 바로잡아야 한다는 시가 실려 있는데, 명나라 말엽의 정공원(程公遠)은 그 시에서 이 속담을 활용하였다. "세상의 자애로운 어머니가 안타까우니, 아이를 아끼다가 도리어 아이를 해치네. 뽕나무 가지가 어릴 때 비뚤어지면 지체하지 말지니, 크게 자라서는 고치기가 되레 어렵다. 엄한 아버지는 정성껏 가르치되 오냐오냐하지 말고, 엄한 스승은 꾸짖어 가르치되 뒤로 물러서지 말라. 매를 쳐서 좋은 사람 만들었을 때, 옛사람 말이 옳다는 것 드러나리라.〔可嘆世間慈母, 惜兒反害其兒, 桑條從小鬱休遲, 長大却難懲治. 嚴父苦教莫護, 嚴</pre>

師責訓休辭, 棒頭打出好人時, 方顯古人言是.〕"천계본에는 수록되
지 않았으나, 추가하였다.

8

사람은 누구나 보석을 사랑하지만
나는 현명한 자손을 사랑한다.

人皆愛珠玉, 我愛子孫賢.

남들은 값비싼 보석을 아끼고 원하더라도 나는 자손이 현
명하기를 소망한다. 보석이 많아 부자라 해도 자손이 현명하
지 않으면 재물을 지킬 수 없지만, 자손이 현명하다면 없는 재
물도 만들어 낼 수 있다. 왕매(王邁, 1184년~1248년)는 『구헌
집(臞軒集)』에 실린 「애현당부(愛賢堂賦)」에서 이 시구를 인용
하여 현명한 자손이 나오기를 바라는 심경을 밝혔다. 나중에는
"황금이 많은 부자가 되기를 원하지 않고, 자손이 현명하기만
을 원한다.〔不願金玉富, 但願子孫賢.〕"와 같은 속담이 되어 널리
쓰였다.

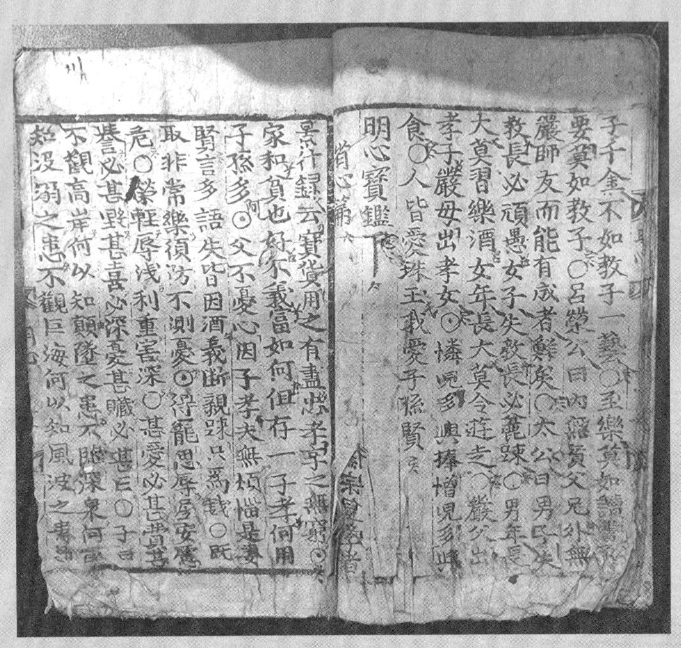

천계본의 상권 끝 부분과 하권 시작 부분. 개인 소장 방각본. 천계본은 원본인 청주본의 체제를 충실하게 따라서 상권과 하권을 분리하였다. 17세기의 초략본은 천계본과 똑같다. 1844년에 출간된 손기조본부터 단권으로 편집하여 상권과 하권의 구분을 없앴다. 그 이후 11장 「성심편」을 상권과 하권으로 나눈 판본이 등장하기도 하였다.

하권

11

마음의 성찰

인생에서 겪는 다양한 문제를 예민하게 포착하고 현실 세계의 불편한 진실을 숨김없이 드러낸 격언과 잠언, 속담을 모은 장이다. 『명심보감』에서 가장 많은 격언이 수록된 장인데, 그만큼 책의 기본 취지를 반영하였다. 체계가 뚜렷하지는 않으나, 비슷한 소재를 몇 개조씩 묶어서 배열하였다. 상권 5장, 7장의 주제와 함께 몸과 마음을 성찰하고 세상인심을 파악하는 주제가 다수이다. 빈부와 재물, 사회생활과 가정 운영, 인심과 교우 관계, 배신과 선의 등 인생에서 겪는 수많은 생활 속 경험을 다룬다. 하지만 특정한 주제에 얽매이지 않고 다양한 인간사를 다룬다. 인정세태를 다채롭게 묘사한 잠언에서는 청언(淸言)의 분위기가 짙게 풍긴다. 구전 속담이 큰 비중을 차지하고, 촌철살인의 잠언은 문학적 색채가 짙다. 『명심보감』의

중심을 이루는 장이다. 청주본 256개조 가운데 95개조를 뽑
았다.

1

보석과 재물은 쓰다 보면 다 없어지지만
충성과 효도는 아무리 누려도 다함이 없다.
—『경행록』

『景行錄』云: 寶貨用之有盡, 忠孝享之無窮.

　유형의 자산이 소중하기는 해도 무형의 자산은 그보다 더 소중하다. 유형의 자산은 당장 쓸모가 있으나 한정이 있고, 무형의 자산은 인간다운 삶을 영위하는 기반이면서 아무리 써도 끝이 없다. 유형의 자산을 소중히 여기는 사람은 많고, 무형의 자산을 소중히 여기는 사람은 적다.

2

가정이 화목하면 가난해도 좋으니
의롭지 않으면 부자인들 무엇 하랴?
효도하는 자식은 하나로도 충분하니
자손이 많은들 어디에 쓰랴?

家和貧也好, 不義富如何? 但存一子孝, 何用子孫多?

옛날에는 행복의 지표가 수부귀다남(壽富貴多男)이었다. 오래 살고 부귀하며 자손이 많아야 행복한 가정이라고 보았다. 이 격언은 그런 지표의 허상을 꼬집는, 공감 가는 말이다. 의롭지 않은 부귀가 무슨 소용이냐고 하면서 가난해도 가정만 화목하면 된다고 하였고, 자손이 많은들 무슨 소용이냐고 하면서 자식 한 명만 효도해도 충분하다고 하였다. 원나라 때 속담으로, 희곡 등에 자주 쓰였다.

———

3

부모에게 근심이 없는 것은 자식이 효도하기 때문이고
남편에게 번뇌가 없는 것은 아내가 현명하기 때문이다.
말이 많아지고 말을 실수하는 것은 모두가 술 탓이고
의가 끊어지고 친척이 멀어지는 것은 오로지 돈 탓이다.

父不憂心因子孝, 夫無煩惱是妻賢. 言多語失皆因酒, 義斷親疏只爲錢.

인생 주변에서 일어나는 일에는 대개 그럴 만한 이유가 있다. 자녀가 효도하면 부모가 근심하고 걱정할 일이 없고, 아내가 현명하면 남편이 괴롭지 않으니 부러운 일이다. 과음 탓에 말실수가 생기고, 금전 문제로 친척 사이에 의가 상하니 예방할 일이다.

4

분에 넘치는 즐거움을 누리고 있다면
예측하기가 어려운 우환을 예방하여야 한다.
—『경행록』

『景行錄』云: 旣取非常樂, 須防不測憂.

인생에서 온갖 쾌락과 권력을 누리고 있다고 영원히 그러리라고 자만하지 말라. 큰 우환을 만나기 쉬우니 미리 조심하고 예방하는 것이 옳다. 자만을 경계하게 하는 취지로 앞 구절을 "분에 넘치는 즐거움은 누리지 말라.〔莫取非常樂.〕"로 쓰는 경우가 많다. 송대의 철리(哲理) 시인 소강절이 지은 「입추에 냇가에서 짓다〔立秋日川上作〕」의 일부이다. "부귀는 사랑하기 정말 어렵고, 가난은 시름을 잘도 자아낸다. 젊을 때 저지른 그릇된 일로 늙은 뒤에 부끄러움을 안기지 말라! 분에 넘치는 즐거움을 누린다면, 예측하기가 어려운 우환을 예방해야지. 처음부터 끝까지 처신 잘하여, 오래도록 나라에 큰 어른 될 사람은 누굴까?〔富貴固難愛, 貧寒易得愁. 休將少時態, 移作老年羞. 旣有非常樂, 須防不測憂. 誰能保終始, 長作國公侯.〕" "경행록운(景行錄云)"이 천계본에는 빠져 있다.

총애받고 있을 때는 치욕 당할 일을 생각하고
편안하게 지낼 때는 닥쳐올 위기를 염려하라.

得寵思辱, 居安慮危.

　총애는 치욕을 품고 있고, 편안함은 위기를 품고 있다. 두려
워하며 염려할 일이다. 『음부경(陰符經)』에서는 "은혜는 해코
지에서 나오고, 해코지는 은혜에서 나온다.〔恩生於害, 害生於
恩.〕"라고 하였다. 총애와 치욕, 편안함과 위기의 양극단이 시소
를 타듯이 엎치락뒤치락하며 인생에 파란을 일으킨다. 범입본
은 『치가절요』 상권 「위기를 염려함〔慮危〕」에서 이 속담을 인용
하고 지혜로운 대처를 당부하였다. 어제본에서는 출전을 『경행
록』으로 밝혔다.

영화가 가벼우면 욕됨이 얕고
이익이 무거우면 손해가 깊다.
—『경행록』

　『景行錄』云: 榮輕辱淺, 利重害深.

어떤 일을 하든 일의 비중에 상응하는 보상과 징벌이 따른다. 부귀영화를 누리지 못한 사람에게는 책임도 치욕도 뒤따르지 않는다. 반면에 권력을 누리고 큰 이익을 얻은 사람은 큰 위험과 손해에 노출된다. "경행록운(景行錄云)"이 천계본에는 빠져 있다.

———————

7

큰 총애에는 반드시 큰 비용이 들고
큰 칭찬에는 반드시 큰 헐뜯음이 따른다.
큰 기쁨에는 반드시 큰 근심이 생기고
큰 뇌물에는 반드시 큰 패망이 따른다.
— 『경행록』

『景行錄』云: 甚愛必甚費, 甚譽必甚毁. 甚喜必甚憂, 甚贓必甚亡.

산이 높으면 골이 깊은 법이다. 세상에는 공짜가 없어 누리는 만큼 그에 합당한 대가를 요구한다. 남보다 훨씬 큰 부귀영화를 누리려는 욕망이 있다면 그 값을 치를 준비를 미리 하는 것이 좋다. 출전에 해당하는 "경행록운(景行錄云)"이 천계본에는 빠져 있다.

8

다정한 사랑은 번뇌를 낳고
대장부의 뒤를 쫓아 따라다닌다.
정자 앞에 상서로운 풀 돋아났으나
좋은 일이라도 없는 것이 차라리 낫다.

恩愛生煩惱, 追隨大丈夫. 亭前生瑞草, 好事不如無.

　연인과의 사랑이 좋기는 하나 번뇌에 시달리게 하고, 상서로운 풀이 뜰에 돋아나 좋기는 하나 (찾아오는 구경꾼들이) 사람을 귀찮게 한다. 정말 좋은 것은 대개 상응하는 대가를 요구한다. 아무리 좋아도 괴로움을 낳는 일은 하지 않는 것이 좋다. 1468년 3월 5일에 세조(世祖, 재위 1455년~1468년)는 경상도 감사와 충청도 감사로 부임하는 신하에게 "그대들에게 한 지방을 맡겼으니, 각각 그대들의 일을 삼가서 하라! 속언에 '좋은 일이라도 없는 것이 차라리 낫다.'라고 하였으니, 그대들은 번잡하게 일을 만들지 말라."라고 분부하였다. 1466년 8월 22일에도 세조는 같은 속담을 인용하며 관리들에게 일을 만들지 말라고 당부하였다. 천계본에는 수록되지 않았으나, 추가하였다.

높은 벼랑에 올라가 보지 않으면 굴러떨어지는 우환을 어
떻게 알고

깊은 샘을 내려다보지 않으면 물에 빠지는 우환을 어떻게
알며

큰 바다를 보지 않으면 풍파 치는 우환을 어떻게 알겠는가?
— 공자

子曰: 不觀高崖, 何以知顚墜之患? 不臨深泉, 何以知沒
溺之患? 不觀巨海, 何以知風波之患?

경험은 값비싼 교훈을 선물한다. 지식으로 아는 것보다 더 큰
가르침을 경험은 몸으로 이해하게 한다. 바다를 본 사람은 풍파
의 우환을 짐작하지만, 조난을 겪은 사람은 풍파의 고통을 뼈저
리게 느낀다. 고대 로마의 오비디우스(Ovidius)는 『흑해로부터
의 편지(Epistulae ex Ponto)』에서 "조난을 겪은 자는 잔잔한 파
도만 봐도 두려움에 떤다."라고 하였다. 『공자가어』 「곤서(困誓)」
에서 인용한 격언으로, "샘〔泉〕"이 "못〔淵〕"으로 되어 있다.

———————

10

아직 오지 않은 미래를 알고자 한다면
이미 지나간 과거를 먼저 살펴보아라.

欲知未來, 先察已往.

　과거에 자신이 했던 행동과 생각은 항상 그의 뒤를 따라다
닌다. 자신의 앞날이 어떻게 될지 알고 싶다면 이전에 무슨 행
동을 했는지 살펴보면 된다. “왕(往)”이 천계본에는 “연(然)”으
로 되어 있다.

———————

11

밝은 거울은 형상을 살펴보는 도구이고
지난 과거는 현재를 알아내는 도구이다.
— 공자

子曰: 明鏡所以察形, 往古所以知今.

　거울을 통해 네 얼굴을 비춰 보듯이 지난 과거는 네 현재 모
습을 비춰 보여 준다. 『공자가어』 「관주(觀周)」에 나오는 격언
이다.

12

과거의 일은 거울처럼 환하나
미래의 일은 칠흑처럼 깜깜하다.

過去事, 明如鏡; 未來事, 暗似漆.

　지난 과거의 일은 거울에 얼굴을 비춰 보는 것처럼 환하게
알 수 있으나, 미래의 일은 칠흑 같은 어둠 속에 있는 것처럼 알
수 없다. 고대 그리스의 테오그니스는 『격언집』에서 "어둠은 미
래의 사건을 감추고 있다."라고 하였다. "앞일은 칠흑처럼 깜깜
하다.〔前程暗似漆.〕"라는 표현으로 희곡 등에서 많이 쓰였다.
"명여경(明如鏡)"이 천계본에는 "여명경(如明鏡)"으로 되어 있
는데, 대구(對句)가 맞지 않는다.

13

내일 아침에 일어날 일을 초저녁에는 예단할 수 없고
초저녁에 일어날 일을 오후에는 예단할 수 없다.
　—『경행록』

　『景行錄』云: 明旦之事, 薄暮不可必; 薄暮之事, 晡時不
可必.

인생에서는 예측했던 것에 반하는 천 가지 일이 일어날 수 있다. 자다가 벼락 맞고 한밤중에 액운을 만나듯이 당장 몇 시간 뒤에도 예상하지 못한 일이 일어날 수 있으니, 앞일을 섣불리 예단하는 것은 옳지 않다. "단(旦)"이 천계본에는 "조(朝)"로 되어 있는데, 뜻은 같다.

———————————

14

하늘에는 예측하기가 어려운 바람과 구름이 있고
사람에게는 아침저녁에 화와 복이 교차한다.

天有不測風雲, 人有旦夕禍福.

날씨를 예측하기가 어려운 것처럼 아침저녁 사이에도 어떤 일이 일어날지 알 수 없다. 우리 앞에 길흉화복이 어떻게 펼쳐질지 예상하기가 어렵다. 원나라 때 널리 유행한 속담으로, 각종 문헌에 등장한다. 어제본에서는 출전을 『경행록』으로 밝혔다. "단(旦)"이 천계본에는 "조(朝)"로 되어 있는데, 뜻은 같다.

15

석 자 크기 무덤으로 돌아가기 전에는
백 년 사는 몸을 보전하기가 어렵고
석 자 크기 무덤으로 돌아간 뒤에도
백 년 동안 무덤을 보전하기가 어렵다.

未歸三尺土, 難保百年身; 已歸三尺土, 難保百年墳.

무덤에 들어가기 전에는 몸을 보장하기가 어렵고, 무덤에 들어가더라도 무덤을 보전하기가 어렵다. 살아서도 죽어서도 사람의 안녕을 지키기가 어렵다.『비파기(琵琶記)』등 원대의 희곡에 나오는 격언이다. 나중에 명나라 장황(章潢, 1527년~1608년)의『도서편(圖書編)』권110「무덤의 보존을 논하다〔論保墳墓〕」에서도 살아서 몸을 보전하기가 어렵지만 죽어서도 무덤을 보전하기 쉽지 않음을 논하며 인용하였다. 어제본에서는 출전을『경행록』으로 밝혔다.

16

자신을 믿는 자는 남도 그를 믿어, 원수라도 모두 형제처럼 된다.
자신을 의심하는 자는 남도 그를 의심하여, 저 빼고는 모두

적국이다.
—『경행록』

『景行錄』云: 自信者, 人亦信之, 吳越皆兄弟; 自疑者,
人亦疑之, 身外皆敵國.

자신을 신뢰하는 사람의 세계에서는 모두가 서로를 신뢰하고, 자신을 의심하는 사람의 세계에서는 모두가 서로를 의심한다. 신뢰 사회는 자신에 대한 믿음에서부터 출발한다. 원수의 원문은 "오월(吳越)"로, 중국 춘추시대에 남방 지역에 있던 오나라와 월나라이다. 두 나라가 오랫동안 적대하며 다툰 사이라 원수 사이를 비유하는 말로 쓰인다.

<hr>

17

사람이 의심스러우면 쓰지 말고
사람을 썼으면 의심하지 말라.

疑人莫用, 用人莫疑.

인재를 등용하고 사람을 데려다 쓸 때 지녀야 할 원칙으로, 북송과 금나라가 대치할 때부터 널리 사용된 속담이다. 북송의 학자 사마광은 『자치통감』에서 "의심스러우면 임용하지 말고, 임용했다면 의심하지 말라.〔疑則勿任, 任則勿疑.〕"라는 옛 사람의 성어로 인용하고서, 인재 임용의 대원칙이라고 하였다. 비슷한 시기의 역사서인 『금사(金史)』에도 이런 사연이 전한다. 1148년에 대신들이 지방 관아에 임용할 인재로 본국 출신만 쓰고 외국 출신은 쓰지 말자고 건의하자 금 희종(熙宗, 재위 1135년~1150년)은 "천하 모든 사람이 짐의 신하이다. 차별을 두어 저들을 대우한다면 어떻게 합일을 이룰 수 있으랴? 상말에 '사람이 의심스러우면 부리지 말고, 사람을 부리면 의심하지 말라.〔疑人勿使, 使人勿疑.〕'라고 이르지 않았더냐? 이제부터 본국 출신과 여러 나라 출신을 재능에 따라 두루 임용하라!"라고 명을 내렸다. 인재를 두루 찾아 쓰고 신뢰로 대하는 경영 철학의 진수가 담긴 말이다.

<hr>

18

물 밑에는 물고기, 하늘에는 기러기!
높이 날아도 쏠 수 있고, 깊이 숨어도 낚을 수 있네.
사람 마음은 지척 사이에 있건마는
지척에 있어도 사람 마음은 헤아릴 수 없네.
—『풍간』

『諷諫』云: 水底魚, 天邊雁, 高可射兮低可釣. 惟有人心咫尺間, 咫尺人心不可料.

바로 앞에 있는 사람이라도 마음속에서 어떤 생각을 하는지 알 수 없다. 흑심을 품었는데도 웃는 얼굴을 한 사람도 있다. 『풍간』은 『백씨풍간(白氏諷諫)』으로, 현존하는 백거이의 문집 『백씨장경집(白氏長慶集)』과는 다른 신악부(新樂府) 시집이다. 백거이의 악부시집 고판본으로는 명나라 정덕(正德, 1506년~1521년) 연간에 엄진(嚴震)이 간행한 『백씨풍간』 2권이 있다. 범입본은 이보다 이전의 책에서 인용하였고, 청주본 『명심보감』에는 그 책에서 모두 3개조의 격언을 뽑았다. 작품 제목은 「천가도(天可度)」이다. 문집에서는 이 작품이 "간사한 사람을 증오한 주제이다."라고 밝혔다.

19

범을 그리지만 가죽은 그려도 뼈는 그리기가 어렵고
사람을 알지만 얼굴은 알아도 마음은 알지 못한다.

畫虎畫皮難畫骨, 知人知面不知心.

걸 다르고 속 다른 인간의 마음을 비유한 속담이다. 맹한경(孟漢卿)의 『마합라(魔合羅)』 등 원나라의 잡극과 소설에 즐겨 사용되었고, 『박통사언해』에도 나온다. 김만중(金萬重, 1637년~1692년)의 장편소설 『사씨남정기(謝氏南征記)』에서는 교씨(喬氏)가 사씨를 이간질하는 장면에서 "상언에 이르되, '범을 그리되 뼈는 그리기가 어렵고, 사람을 사귀되 그 마음은 알기가 어렵다.' 하니, 교씨의 교언영색으로 말씀이 겸손하매 사부인(謝夫人)이 교씨의 안과 밖이 다른 줄을 어찌 알리오."라고 이 속담을 썼다. 인간의 이중성을 표현한 속담으로 인기가 있었다.

———

20

얼굴을 맞대고 이야기를 나눠도
마음은 천 겹의 산에 가로막혀 있다.

對面共語, 心隔千山.

대화는 가까이 앉아서 나누지만, 마음은 저 멀리 떨어져 있다. 흉금을 터놓고 말할 상대가 많지 않음을 표현한 속담이다. 옛시조에서는 "마음이 지척이면 천 리라도 지척이요, 마음이 천 리오면 지척이라도 천 리로다. 우리는 각재(各在) 천 리오나 지척인가 하노라."라고 하여 몸과 마음의 원근법을 흥미롭게 표현하였다.

21

바다는 마르면 바닥을 드러내지만
사람은 죽어도 마음을 알 수 없다.

海枯終見底, 人死不知心.

　가슴속 깊은 곳에 숨겨진 사람의 속마음을 알 길은 없다. 비
슷한 우리 속담에 "열 길 물속은 알아도 한 길 사람 속은 모른
다."가 있다. 당나라 시인 두순학(杜荀鶴, 846년~904년)의 시
「감우(感寓)」의 3구와 4구로, 1구와 2구는 "큰 바다는 파도가
쳐도 얕고, 소인은 마음이 한 치라도 깊다.〔大海波濤淺, 小人方
寸深.〕"이다.

22

사람은 외모로 판단하지 못하고
바닷물은 말〔斗〕로 떠서 재지 못한다.
　―『태공가교』

太公曰: 凡人不可貌相, 海水不可斗量.

　바닷물을 말로 떠서 잴 수 없듯이, 사람의 능력과 학식을 외

모만으로 판단할 수 없다. 외모를 보고 남을 무시하거나 함부로 그 능력을 판단해서는 안 된다는 말이다. 당나라 때부터 널리 사용된 속담으로, 원대 이후의 희곡과 소설에 자주 등장하였다. 『박통사언해』 하권에도 "사람은 가히 얼굴로 가늠하지 못하고, 바다는 가히 말로 되지 못한다."라는 속담을 인용하였다. "모(貌)"가 청주본과 흑구본, 천계본에는 "역(逆)"으로 되어 있으나, 중간본과 『박통사언해』를 따라 수정하였다.

23

남과 원한을 맺는 것은 재앙의 씨앗을 심는 짓이고
선을 버리고 행하지 않는 것은 자신을 해치는 짓이다.
―『경행록』

『景行錄』云: 結冤於人, 謂之種禍; 捨善不爲, 謂之自賊.

　남에게 원한이 맺히게 하면 재앙이 되어 돌아오고, 악행을 멈추지 않으면 자신의 복을 걷어찬다.

24

한쪽 말만 들으면 다른 편과는 갈라서게 된다.

若聽一面說, 便見相離別.

한쪽 편에게서만 들은 이야기는 반쪽짜리 이야기이다. 양쪽 말을 다 듣기 전에 앞서서 내리는 판단은 섣부르니, 반쪽짜리 판단을 내리는 순간 다른 한쪽과는 갈라서는 일이 생긴다. 서산대사(西山大師) 휴정(休靜, 1520년~1604년)의 『삼가귀감(三家龜鑑)』「유교(儒敎)」에는 이 구절 앞에 "친하고 사랑하는 사람의 말만을 들어서는 안된다.〔親愛之言, 亦不可偏聽.〕"라는 말을 추가하여 의미가 분명해졌다.

배부르고 등 따시면 음탕한 욕망이 꿈틀대고
배고프고 추우면 도를 추구할 마음이 일어난다.

飽暖思淫慾, 飢寒發道心.

생활이 윤택해지면 방탕하게 즐길 욕망이 꿈틀대고, 반대로 생활이 곤궁하면 도리나 선행을 추구할 마음이 생긴다. 그리스

의 문인 에우리피데스는 「폴리에이도스」에서 "가난과 지혜가
서로 가까운 친척이듯이, 형편없는 정신은 부와 자연스럽다."라
고 하였고, 테오그니스는 『격언집』에서 "악은 부에, 덕은 가난
에 숨겨져 있다."라고 하였다. 다만 중간본에서는 아래 구절의
내용을 인정하기가 어렵다고 보아, "도(道)"를 "도둑[盜]"으로
교체하였다. 또한 나중에 『금병매(金甁梅)』에서는 "배부르고
등 따시면 쓸데없는 일을 만들고, 배고프고 추우면 도둑질할
마음이 일어난다.[飽暖生閑事, 飢寒發盜心.]"라는 속담으로 바뀌
었다. 『사림광기』「도가경어(道家警語)」에도 나오는 속담이다.

26

현명한 사람에게 재물이 많으면 의지를 약하게 하고
어리석은 사람에게 재물이 많으면 허물을 보탠다.
— 소광

疏廣曰: 賢人多財損其志, 愚人多財益其過.

　재물은 사람의 마음을 바꾼다. 소광(疏廣)은 한 선제(漢宣
帝, 재위 기원전 74년~기원전 48년) 때 학자이자 관료로, 『한
서』 소광 열전에 행적이 실려 있다. 소광이 고향에 은퇴하여 지
낼 때 재물을 자식에게 물려주지 않고서 그 까닭을 이렇게 밝혔
다. "내게는 옛날부터 물려받은 전답과 집이 있네. 자손들이 잘

활용하여 근면하게 일하면 의식을 충분히 장만하여 남들과 어깨를 나란히 하고 살 수 있네. 이제 거기에 더 보태 넉넉하게 해준다면, 자손들을 나태하게 만들 뿐일세. 현명한 사람에게 재물이 많으면 의지를 약하게 하고, 어리석은 사람에게 재물이 많으면 허물을 조장할 뿐일세. 게다가 부자는 모든 이에게 원망을 듣네. 내가 자손을 제대로 가르치지 못하고 허물만 조장하여 남에게 원망을 듣게 하고 싶지 않네." "소광"이 청주본과 중간본, 천계본에는 "소무(蘇武)"로, 흑구본에는 "무소(武蘇)"로, 『신집』 176에는 "제갈무후(諸葛武侯)"로 되어 있으나, 오류이다.

27

사람이 가난할 때는 식견이 짧아지고
복이 이를 때는 마음이 신통해진다.

人貧智短, 福至心靈.

가난은 가지고 있던 식견과 지혜조차 쪼그라들게 하고, 복은 없던 신통력까지 발휘하게 한다. 특히 뒤 구절은 원대의 속담으로 널리 쓰였다. 『자치통감』에 원나라 학자 호삼성(胡三省, 1230년~1302년)이 붙인 주에서 "복이 이를 때는 마음이 신통해지고, 재앙이 이를 때는 정신이 흐릿해진다.〔福至心靈, 禍來神昧.〕"를 속담으로 인용하였다.

28

한 가지 일을 경험하지 않으면
한 가지 지혜가 늘어나지 않는다.

不經一事, 不長一智.

경험은 모든 것의 교사이다. 한 가지를 경험하면 한 가지 지혜가 늘고, 그렇게 경험이 쌓여서 지식과 능력을 갖춘 사람이 된다. 『고존숙어록』 권18에 나오는 속담이다.

29

이러쿵저러쿵 시비(是非)를 가리는 자가 바로 시비를 일으키는 사람이다.

來說是非者, 便是是非人.

이러쿵저러쿵 다른 사람의 문제점을 거론하며 시비를 따지는 사람이 있다면, 옳고 그름은 제쳐 두고 남의 말을 하는 그 사람이 바로 시비를 일으키는 장본인이다. 남의 옳고 그름을 말하는, 문제가 있는 사람을 조심하라는 속담으로 사용된다. 『무문관(無門關)』 등 선승의 어록집과 소설 등에서 널리 쓰였다.

30

평생토록 이맛살 찌푸리게 하는 일 하지 않았으니
세상에는 부득부득 이를 가는 자 없으리라.
―『이천격양집』

『擊壤詩』云: 平生不作皺眉事, 世上應無切齒人.

한평생 다른 사람이 불쾌해하거나 화를 낼 일을 하지 않았
다. 그러니 부득부득 이를 갈며 나를 미워하거나 앙갚음하려는
사람이 세상에는 없을 것이다. 소강절은 낙양에 40년을 거주
하는 동안 안빈낙도하면서 다른 사람의 화를 돋우는 짓을 하
지 않았다고 자부하였다.『이천격양집』에「세 번 내려온 조칙에
응하지 않겠다는 뜻을 고을 사람에게 밝히다〔詔三下, 答鄉人不
起之意〕」라는 제목으로 수록된 시의 한 대목이다.

이름이 났다고 단단한 빗돌에 새긴들 무엇하랴?
길을 오가는 행인의 입으로 전하는 말이 빗돌보다 낫다.
有名豈在鐫頑石, 路上行人口勝碑.

명성이 나고 성과를 이루었다고 그 이름과 공적을 빗돌에 새

겨 두면 후세에 전해질까? 공덕비니 자서전이니 후세에 이름을 남기려 애써 보았자 쓸데없다. 그보다는 사람들이 입에서 입으로 전하는 말속에 공정한 평가와 명성이 들어 있다. 송나라의 선승 전기집 『오등회원(五燈會元)』 권17에는 태평안(太平安) 선사의 "그대에게 권하노니 쓸데없이 돌에 이름을 새기지 말라. 길을 오가는 행인의 입으로 전하는 말이 비석과 같다.〔勸君不用鐫頑石, 路上行人口似碑.〕'라는 법어가 보인다. 이후 속담으로 널리 쓰였다.

32

사향을 지니면 절로 향기가 나니
구태여 바람 앞에 서서 향기 풍기랴?

有麝自然香, 何必當風立?

사향(麝香)은 스스로 향기를 풍기므로 바람의 도움이 없어도 향기를 멀리까지 퍼뜨린다. 사향은 수컷 사향노루의 향주머니에서 얻은 분비물인데, 향기가 매우 강해서 10리 밖에서도 향기가 난다고 한다. 큰 지혜와 큰 능력을 지닌 사람은 알아 달라고 광고하지 않아도 저절로 남들이 알아보고 인정한다는 뜻이다. 『금강경삼가해(金剛經三家解)』 「일상무상분(一相無相分)」에 실려 있는 야보(冶父)의 게송에서 나온 격언이다. 온전한 글은 "조개는 뱃속에 진주를 숨기고, 파란 옥은 돌 속에 갈무리되어 있네. 사향을 지니면 절로 향기가 나니, 구태여 바람 앞에 서서 향기 풍기랴?〔蚌腹隱明珠, 石中藏碧玉. 有麝自然香, 何用當風立?〕"이다. 우리 속담에 "싸고 싼 사향도 냄새난다."가 있는데, 같은 말이다.

―――――――――

33

일을 모조리 끝내려 하지 말고
세력에 끝까지 기대려 하지 말고
말을 툴툴 털어 다 하려 하지 말고
복을 남김없이 다 누리려 하지 말라.
— 장무진

張無盡曰: 事不可做盡, 勢不可倚盡. 言不可道盡, 福不可享盡.

힘이 있다고 다 쓰지 말고, 복이 있다고 다 누리지 말라. 웬만큼 쓰고 누린 뒤에는 힘도 복도 아껴서 자손이나 남들에게 베풀어라. 내 것이니 남김없이 다 쓰고 가겠다고 움켜쥐고 내놓지 않으면 볼썽사납다. 네가 가진 복을 아껴서 써라. 장무진은 곧 장상영(張商英, 1043년~1122년)으로, 북송 후기의 재상이다. 이 잠언은 이른바 '사부진(四不盡)'으로, 그의 좌우명이다.

그의 호 무진(無盡)도 여기에서 나왔는데, 출처는 알 수 없다.
"주(做)"가 청주본과 흑구본에는 "사(使)"로 되어 있으나, 중간
본 등에 따라 바로잡았다. 천계본에는 수록되지 않았으나, 추가
하였다.

34

복이 있다고 남김없이 누리지 말라.
복이 다하면 네가 빈궁해질 차례이다.
세력이 있다고 끝까지 써먹지 말라.
세력이 다하면 원수를 만나게 된다.
복이 있어도 언제나 스스로 아끼고
세력이 있어도 언제나 스스로 삼가라.
사람이 살면서 교만하고 사치하면
시작은 좋아도 끝이 나쁜 경우가 많다.

有福莫享盡, 福盡身貧窮. 有勢莫使盡, 勢盡冤相逢. 福
兮常自惜, 勢兮常自恭. 人生驕與侈, 有始多無終.

힘이 있고 복이 있어도 힘을 아끼고 복을 아껴야 일생을 마
칠 때까지 행복을 누릴 수 있다. 포르투갈의 속담에도 "네가 아
는 것을 다 말하지 말고, 네가 들은 것을 다 믿지 말며, 네가 할
수 있는 것을 다 하지는 마라."라고 하였다. 힘과 복을 바닥까지

쓰고 나면 불행이 찾아온다. 송나라 승려 자수회심이 한산의
시를 본떠 지은 시이다.

———

35

재능은 다 쓰지 말고 남겨서 조물주에게 돌려주고
녹봉은 다 쓰지 말고 남겨서 조정에 돌려주며
재물은 다 쓰지 말고 남겨서 백성에게 돌려주고
행복은 다 쓰지 말고 남겨서 자손에게 돌려주어라.
— 왕백대, 「사류명」

王參政「四留銘」: 留有餘不盡之巧, 以還造化; 留有餘不
盡之祿, 以還朝廷; 留有餘不盡之財, 以還百姓; 留有餘不
盡之福, 以還子孫.

내가 가진 재능과 녹봉, 재물, 복의 네 가지 귀한 소유물을
혼자 독차지하여 누리는 것은 탐욕이다. 소유물을 조금씩 떼어
서 남들도 나눠 쓰게 한다면 좋겠다. 남을 배려하여 혜택을 나
누려는 후덕한 마음 씀씀이를 보인 잠언이다. 중국 처세론에서
명작 중의 명작으로 손꼽힌다. 왕백대(王伯大, ?~1253년)는 남
송 때 참지정사(參知政事)를 지낸 명재상으로, 자는 유학(幼
學), 호는 유경(留耕)이다. 호가 나오게 된 취지를 밝힌 글이기
도 한 「사류명(四留銘)」은 대단히 널리 알려진 잠언으로, 『이견

추사(秋史) 김정희(金正喜, 1786년~1856년)가 「사류명」의 내용으로 유재(留齋)라는 호를 가진 인물의 서재에 써 준 글씨. 개인 소장. 다른 이와 함께 복을 나눈다는 잠언의 의미를 사랑하여, 조선 후기 명문가 사대부 중에는 유재, 유당(留堂) 등의 아호를 쓴 이가 여럿 있다. 높은 지위, 권력, 부를 누리는 가문과 개인의 처세법으로 사용된다. 세도정치가 김조순(金祖淳, 1765년~1832년)의 외손으로, 고위직을 역임한 수학자인 남병길(南秉吉, 1820년~1869년)도 그중 한 사람이다. 추사가 그에게 써 준 글씨로 알려진 이 현판 글씨는 여러 개의 모각(模刻)이 전해진다.

지』를 비롯한 많은 책에 실려 전한다. 이 잠언은 33조의 '사부진'과 함께 동래 정씨(東萊鄭氏) 임당공파(林塘公派) 집안의 가훈이었다. 조선 시대에 십여 명의 정승을 배출한 명문가인 이 집안은 높은 지위를 항상 유지하고 패망하지 않는 처세를 잘하기로 유명하였다. "화(化)"가 천계본에는 "물(物)"로 되어 있다.

36

황금이 천 냥이라도 귀하지 않고
남에게 들은 한마디 말이 천 냥보다 귀하다.

黃金千兩未爲貴, 得人一語勝千金.

먼 옛날 천 냥은 인생을 바꿀 수 있는 큰돈이었다. 누군가에게서 나의 인생에 큰 전환을 가져온 말을 들었다. 천 냥보다 더 값나가는 귀하디귀한 말이었다. 청주본 『명심보감』 5장 59조에서 "유익한 말 한마디는 천금보다 무게가 나간다.〔一言之益, 重於千金.〕"라는 격언처럼 천금보다 더 귀한 말을 얻어 삶의 전환을 꿈꾼다.

능력 있는 사람은 능력 없는 사람의 종이다.

能者拙之奴.

역설이다. 능력 없는 사람이 능력 있는 사람을 위해 일하는 것이 상식이다. 그러나 그 반대가 될 때도 많다. 능력 있는 사람은 능력이 많아서 쉬지 못하고 일하고, 능력 없는 많은 사람이 그 혜택을 누리기 때문이다. 원나라 때의 속담이다. 원말명초의 학자인 유기(劉基, 1311년~1375년)의 「졸일해(拙逸解)」에 "만물은 함께 살아가므로 재주 있는 사람과 재주 없는 사람이 섞여 있다. 재주 있는 사람이 일을 하면 재주 없는 사람은 그 뒤를 따라가니, 이것이 하늘의 도이다. 그래서 상말에 재주 있는 사람은 재주 없는 사람의 종이라고 한다.〔萬物並育, 巧拙參焉. 巧者爲之, 拙者隨之, 天之道也. 故諺有之: 巧者, 拙之奴也.〕"라고 하였다. "능(能)"이 천계본에는 "교(巧)"로 되어 있다. 한편 남궁준(南宮濬) 증보본(增補本)에는 37조가 "재주 있는 사람은 재주 없는 사람의 종이요, 괴로움은 즐거움의 어머니이다.〔巧者拙之奴, 苦者樂之母.〕"로 되어 있다. 뒤 구절이 자의적으로 추가되었다. 이후 다수의 초략본에도 똑같이 썼으나, 이는 오류이다.

38

발을 땅에 붙이고 다니면 아무런 걱정이 없다.

踏實地, 無煩惱.

　허황한 이상에 들떠 살지 않고 현실에 뿌리를 두고 사는 인생 태도이다. 현장을 직접 발로 다니며 일을 처리하는 사람을 평가하는 말이기도 하다. 본래는 북송의 정치가 사마광을 두고 한 말에서 비롯되었다. 소강절이 사마광을 "발을 땅에 붙이고 다니는 사람〔脚踏實地人〕"이라고 평했다는 글이 『송명신언행록』과 『소씨문견록(邵氏聞見錄)』 등에 나온다. 『사림광기』 「존심경어」에도 실린 이 격언은 생활 밀착형 삶의 태도를 표현하는 말로 널리 쓰인다. 천계본에는 수록되지 않았으나, 추가하였다.

39

황금이 귀하지 않고
건강이 더 값나간다.

黃金未是貴, 安樂直錢多.

　원나라 때 희곡 등에 상용어구로 쓰인 "꽃은 다시 필 때 있

下的房子裏去來請請裏頭坐的你從幾時離了王京
俺七月初頭離了卻怎麽這時間纔來到俺沿路慢慢
的來俺家裏書信有那役書信有這書上寫著無甚備
細你來時俺父親母親伯父叔父伯娘嬸子姐姐姐夫
二哥三哥阿嫂姊妹兄弟每都安樂好麽都安樂那般
好呵休道黄金貴安樂最直錢怪殺今日早起喜鵲兒
噪更有嚔噴來果然有親眷來更有書信卻道家書直
萬金小人拙婦和小孩兒每都安樂那都安樂休那小
女兒出班子來俺來時都完痊疴了你将甚麽行貨來
俺将著幾箇馬來更有些人蔘毛施帖裏布如今價錢

고려 말에 지어져 조선 초기에 간행된 중국어 학습서 『노걸대』, 개인 소장 목판본, 21장. 원나라 대도(베이징)의 풍속과 중국어를 반영한 문헌이다. 서로 안부를 묻는 대화 가운데 "황금을 귀하다 이르지 말라. 건강값이 더 많이 나간다."라는 표현을 쓰고 있어, 당시 대도 사람이 즐겨 사용한 속담임을 알 수 있다. 후대 사람이 좋은 말이라고 비점(批點)을 찍었는데, 이 책의 유일한 비점이다.

어도, 사람은 다시 젊어지지 않는다. 황금이 귀하다 말하지 말라! 건강값이 가장 비싸다.〔花有重開日, 人無再少年. 休道黃金貴, 安樂最値錢.〕"라는 시의 뒤 구절이다. 원문의 "안락(安樂)"은 편안하고 즐겁다는 뜻이나, 원나라 때에는 흔히 건강하다는 뜻으로 쓰였다. 『박통사』와 『노걸대』에서도 "황금을 귀하다 이르지 말라. 건강값이 더 많이 나간다.〔休道黃金貴, 安樂直錢多.〕"를 옛사람의 속담으로 인용하였다.

40

제집에 손님을 초대할 줄 모르는 사람은
밖에 나가 봐야 저를 초대할 집주인이 드문 줄 알게 된다.

在家不會邀賓客, 出外方知少主人.

손님을 초대하지 않는 사람은 남도 그를 초대하지 않는다. 그래도 평소에는 아쉽지 않으나, 막상 외출해 보면 그를 반기며 안으로 들어오라는 사람이 아무도 없는 외톨이임을 알게 된다. 원대의 속담으로, 『사림광기』「결교경어(結交警語)」 등에 나온다.

가난하면 시끌벅적한 시장에 살아도 알아보는 사람이 없
으나
부유하면 깊은 산속에 살아도 먼 데 사는 친지가 찾아온다.

貧居鬧市無相識, 富住深山有遠親.

　돈이 없으면 친구는커녕 친척도 없고, 돈이 많으면 친구는 물
론 친척도 많다. 『사림광기』 「통용경어(通用警語)」에도 나온다.

인간의 의리는 가난한 처지 탓에 다 끊어지고
세상의 인정은 오로지 돈 가진 집을 향한다.

人義盡從貧處斷, 世情偏向有錢家.

　가난하면 의리도 지키기가 어렵다. 세상은 온통 돈을 가진
사람을 향하여 줄을 선다. 물욕에 초탈했다는 종교의 세계도
마찬가지이다. 당나라 말엽의 승려 법융(法融, 594년~657년)
은 부지런히 수행할 때 온갖 새가 꽃을 물어다 주었다. 송나라
보신(普信) 선사가 이 이야기를 소재로 시를 지었는데, 그 시

의 3구와 4구이다. 앞의 1구와 2구는 "적막한 바람과 달빛 아래, 안개 노을에 누웠더니, 온갖 새도 그로부터 꽃을 바치지 않네.〔寥寥風月臥煙霞, 百鳥從茲不獻花.〕"이다. 얻을 것 없는 산중에 누웠더니 새들도 무시하고 꽃을 물어다 주지 않는다! 송나라 법응(法應)이 편찬한 『선종송고연주통집(禪宗頌古聯珠通集)』 권8에 실려 있다.

43

밑 빠진 독은 막을 수 있어도
코밑에 가로 째진 입은 막기가 어렵다.

寧塞無底坑, 難塞鼻下橫.

식구의 입을 채울 식량을 마련하기가 밑 빠진 독에 물 붓기처럼 어렵다. 식구를 먹여 살리는 생업의 어려운 처지를 한탄하는 오래된 속담이다. 남송의 시인 누약(樓鑰)은 「왕원경이 반찬이 없다고 하소연하기에 붓을 휘갈겨 쓰다〔王原慶訴盤餐蕭然, 走筆次韻〕」에서 "시름겨운 시인은 몸이 삐쩍 말랐거늘, 북쪽 음식이든 남쪽 요리든 아무것도 없네. 그대도 상말을 보고 쓴웃음 지을 테지, '코밑에 가로 째진 입은 막기가 어렵다.'〔愁絕詩人太瘦生, 也無北食與南烹. 君看俚語亦堪笑, 何日能塡鼻下橫.〕"라고 썼다.

말이 느릿느릿 걷는 것은 모두 마른 탓이고
사람이 총명하지 못한 것은 단지 곤궁한 탓이다.

馬行步慢皆因瘦, 人不聰明只爲窮.

　가난은 가진 재능도 드러내지 못하게 한다. 출전을 알 수 없는 속담이다. 후대의 『증광현문(增廣賢文)』에는 "말이 힘없이 걷는 것은 모두 마른 탓이고, 사람이 품위가 없는 것은 단지 곤궁한 탓이다.〔馬行無力皆因瘦, 人不風流只爲貧.〕"로 바뀌었다. 천계본에는 수록되지 않았으나, 추가하였다.

45

경전을 읽는다고 선행이 되지 않고
복을 짓는다고 소원대로 되지 않는다.
차라리 힘을 가지게 된 때에
남에게 도움을 베푸는 것이 훨씬 낫다.

看經未爲善, 作福未爲願. 莫若當權時, 與人行方便.

　경전을 읽고 복된 일을 하는 것은 작은 선행이고, 권한을 가

졌을 때 많은 이에게 이익을 주는 정사를 펼치고 정책을 만드는 것은 큰 선행이다. 관료가 된 사람의 좌우명으로 삼을 만하다. 실제로 원나라 때의 관료 왕심(王深, 1206년~1263년)의 좌우명이기도 하다. 왕심은 산동성 제남(濟南)에서 재무 업무와 세금 징수 업무를 맡은 관료로 오래 봉직하며 선행을 많이 베풀었다. 조맹부(趙孟頫, 1254년~1322년)가 1293년에 짓고 쓴 그의 묘지명에 실려 있다. 다만 2구가 "악행을 저지르는 것은 원하는 바 아니다.〔作惡不爲願.〕"로 되어 있다. 묘지명은 최근에 출토되었고, 문집에는 실려 있지 않다. 『사림광기』「위리경어(爲吏警語)」에도 실려 있다. 천계본에는 수록되지 않았으나, 추가하였다.

46

자기가 지은 행위는 자기가 그대로 돌려받는다.

自作還自受.

뿌린 대로 거둔다는 말처럼 자기가 행한 행위의 결과를 고스란히 자기가 받게 된다. 6세기에 구담반야류지(瞿曇般若流支)가 한문으로 번역한 『정법염처경(正法念處經)』「아귀품(餓鬼品)」에서 염라대왕이 죄인들에게 들려준 게송에 나온다. 불교에서는 자신이 지은 선악의 행위는 그 결과를 자신이 그대로 받는다고 한다. 둔황 변문(變文)『목련연기(目連緣起)』등에도 상말로 자주 나온다.

<hr>

47

선비에게 질투하는 벗이 있으면 현명한 친구가 다가가지 않고

군주에게 질투하는 신하가 있으면 현명한 인재가 이르지 않는다.

—『순자』「대략(大略)」

荀子云: 士有妬友, 則賢交不親. 君有妬臣, 則賢人不至.

　힘을 가진 사람 옆에는 으레 호가호위(狐假虎威)하는 측근이 있다. 다른 사람을 시기하고 질투하는 측근이 있으면 인재가 접근하지 못한다.『한비자(韓非子)』「외저설(外儲說)」에는 개가 사나우면 술이 시어진다는 구맹주산(狗猛酒酸)의 이야기가 있다. 사나운 개가 술집을 지키고 있어 술이 아무리 맛있어도 손님이 찾아오지 않아서 술이 시큰해졌다. 권력자 주변에 사나운 개처럼 구는 측근이 있으면 현명한 인재가 모여들지 않는다는 말이다. 사나운 개〔猛狗〕는 곧 "질투하는 신하〔妬臣〕"이다.

48

한 가닥 목숨만 붙어 있어도 온갖 일을 하지만
어느 날 허무하게 죽으면 만사가 끝장이다.

三寸氣在千般用, 一日無常萬事休.

　살아 있을 때는 할 일도 많고 하고 싶은 일도 많지만, 죽고
나면 모든 것이 끝이다. 그러니 살아 있는 하루하루를 소중히
여기며 살아야 한다. 송원 시대에 널리 쓰인 성어로,『서상기(西
廂記)』등 희곡과 소설에 많이 등장한다. 천계본에는 수록되지
않았으나, 추가하였다.

49

하늘은 먹을 것 없는 사람을 내지 않고
땅은 이름 없는 풀을 기르지 않는다.

天不生無祿之人, 地不長無名之草.

　하늘 아래 누구든지 일하면 먹고 살 수 있고, 땅 위의 어떤
식물이든 제 생명을 누릴 권리가 있다. 우리에게도 "사람은 다
저 먹을 것 가지고 태어난다."라는 속담이 있다. 사람은 누구나

저마다 쓸모가 있고, 존재의 의의가 있다. 삶이 극한에 이르고 존재가 부정당할 때 돌아봄 직한 말로, 원대의 희곡『간전노(看錢奴)』등 소설과 희곡에 자주 나오는 속담이다.

50

큰 부자는 하늘이 내고
작은 부자는 부지런함이 낳는다.

大富由天, 小富由勤.

　큰 부자는 커다란 운을 타고 나야 될 수 있지만, 작은 부자는 노력과 열정이 있으면 될 수 있다. 그러니 열의를 가지고 부지런히 일하고, 그다음은 하늘에 맡긴다. 송나라 시대와 원나라 시대의 희곡인『소손도(小孫屠)』에, 그리고 『사림광기』「치가경어」에 나오는 속담이다. "부지런함〔勤〕"을 "사람〔人〕"으로 쓴 판본이 많은데, 취지는 같다.

51

집안을 일으키지 못한다고 말하지 말라!
집안을 일으킬 자식이 아직 태어나지 않았을 뿐이다.

집안이 망하지 않는다고 말하지 말라!
집안을 망칠 자식이 아직 크지 않았을 뿐이다.

莫道家未成, 成家子未生. 莫道家未破, 破家子未大.

　한 가정이 겪을 번성과 쇠락은 자녀에게 달려 있다. 자녀가
성인이 되기 전에는 알 수 없으나, 곧 그 조짐이 나타난다. 원채
(袁采)가 『원씨세범(袁氏世範)』 「목친(睦親)」에서 당시의 속담
으로 인용하였고, 『사림광기』 「치가경어」에도 나온다. 천계본에
는 수록되지 않았으나, 추가하였다.

—————

52

집안을 일으킬 아이는 똥을 황금처럼 아끼고
집안을 무너뜨릴 자식은 황금을 똥처럼 쓴다.

成家之兒, 惜糞如金; 敗家之兒, 用金如糞.

　씀씀이만 보아도 집안을 일으킬 아이인지 집안을 망칠 아이
인지 가려진다. 똥조차 분뇨로 여겨 황금처럼 아끼니 가난한 집
을 부자로 만들 조짐이 보이고, 황금을 똥처럼 헤프게 쓰니 부잣
집도 가난뱅이로 만들 조짐이 보인다. 『사림광기』 「치가경어」에
도 나온다. 조선 후기의 학자 유중림(柳重臨, 1705년~1771년)은

『증보산림경제(增補山林經濟)』 권4 「가정(家政)」에서 앞의 말
을 속담으로 인용하여 치부하는 방법으로 소개하였다.

———————

53

아무 일이 없다 하여 부디 괜찮다고 하지 마라.
괜찮다고 하자마자 안 괜찮은 일이 생긴다.
입에 맞는 음식도 과식하면 끝내 병이 되고
속이 시원한 일도 지나치면 꼭 재앙이 된다.
먼저 가려 지름길을 질러가니 심보가 고약하고
뒤에 처져 대화를 나누니 그 맛이 오래간다.
병이 난 뒤에 약을 구해 복용하느니
병나기 전에 예방하는 것이 훨씬 낫다.
— 소강절

康節邵先生曰: 間居愼勿說無妨, 纔說無妨便有妨. 爽口
物多終作疾, 快心事過必爲殃. 爭先徑路機關惡, 近後語言
滋味長. 與其病後能服藥, 不若病前能自防.

　한 치 앞도 모르는 것이 사람 일이다. 아무 일 없으니 괜찮다
고 안심하는 그때 당장 일이 생길 수 있다. 쾌재를 부르며 자만
하거나 만용을 부리지 말고, 지름길로 먼저 가려 약삭빠르게
서두르지 말라. 낭패를 겪을 일이 앞에서 기다릴 수 있으니 사

고를 예방하며 천천히 가는 것이 현명한 사람의 여유이다. 소강절의 『이천격양집』에 실린 「인자음(仁者吟)」이라는 시이다. 원문 글자에는 차이가 있다. 3구에서 6구까지는 송나라 때의 명재상 조변(趙抃, 1008년~1084년)의 「조청헌공좌우명(趙淸獻公座右銘)」에서 잠언으로 인용하고 풀이하였다. 천계본에는 5구와 6구가 빠져 있다.

54

남을 용서하는 사람은 멍청이가 아니니
지나고 나면 큰 이익을 얻는다.

饒人不是癡, 過後得便宜.

　손해를 끼친 사람을 용서하면 당장에는 속도 없는 멍청이로 보인다. 나중에 가서는 더 큰 이익을 얻으니, 그것이 지혜로운 처사이다. 진짜 멍청이는 남을 용서할 줄을 모른다. 당시의 속담으로, 원나라의 학자 오량(吳亮)은 『인경(忍經)』에서 "범사에 참을 일이 생기면 참아라. 남을 용서하는 사람은 멍청이가 아니니, 멍청이는 남을 용서할 줄을 모른다.〔凡事得忍且忍, 饒人不是癡漢, 癡漢不會饒人.〕"라고 말하였다. 천계본에는 수록되지 않았으나, 추가하였다.

묘약으로도 원한에 사무친 병은 고치기가 어렵고
횡재로도 운명이 기구한 사람은 부자로 만들지 못한다.
양심을 저버리면 평생 받을 복을 다 깎아 버리고
인정머리 없으면 하늘이 한평생 가난하게 만든다.
일을 만들어 일이 생겼으니 부디 원망하지 말고
남을 해쳐서 남이 해쳤으니 너는 성내지 말라.
천지자연 모든 일에는 응보가 있는 법
멀리는 자손에게, 가까이는 자신에게 나타난다.
— 재동제군,「수훈」

梓潼帝君「垂訓」: 妙藥難醫冤債病, 橫財不富命窮人. 虧
心折盡平生福, 幸短天敎一世貧. 生事事生君莫怨, 害人人害
汝休嗔. 天地自然皆有報, 遠在兒孫近在身.

남에게 원한을 사지 말고, 횡재를 바라지 말라. 양심을 가지
고 인정을 베풀어야 하며, 일을 많이 만들지 말고, 남을 해치지
말라. 네가 행한 선악의 응보는 네가 바로 받거나 아니면 네 자
손이 받는다. 재동제군(梓潼帝君)은 문창제군(文昌帝君)의 별
칭으로, 문운(文運)을 관장하고 시험을 치르는 사람을 보호하
는 도교의 신이다. 원말의 문인 시내암(施耐庵)이 지은『충의수
호전(忠義水滸傳)』34회에도 나온다. 천계본에는 3구와 4구가
빠져 있다.

꽃이 지고 꽃이 피며, 또 피었다가 지나니
비단옷과 베옷은 번갈아 바꿔 입게 된다.
거부라도 항상 부귀를 누리지는 못하고
빈자라도 항상 곤궁하게 살지는 않는다.
사람을 들어 올려도 하늘 위로는 못 올리고
사람을 밀쳐 내도 구렁텅이에 빠뜨리지는 못한다.
부디 하는 일마다 하늘을 원망하지 말라.
하늘은 누구든 우대도 홀대도 하지 않는다.

花落花開開又落, 錦衣布衣更換着. 豪家未必常富貴, 貧家未必
常寂寞. 扶人未必上靑霄, 推人未必塡溝壑. 勸君凡事莫怨天, 天意
於人無厚薄.

　　출전을 알 수 없는 칠언율시이다. 인생은 돌고 돌아 먼저 된
자 나중 되고, 나중 된 자 먼저 된다. 흥망성쇠와 부귀빈천이
물레바퀴 돌 듯하고, 음지가 양지 되고 양지가 음지 되며, 부자
가 빈자로 바뀌고, 빈자가 부자로 바뀐다. 하늘 높이 출세시키
려 해도 억지로는 안 되고, 구렁텅이에 빠뜨리려고 해도 억지로
는 안 된다. 하늘은 특정한 사람을 편애하지 않고 공평하며 냉
담하다.

독사처럼 독한 인심 개탄스럽기 짝이 없으니
수레처럼 구르며 하늘이 보는 줄을 누가 알까?
지난해에 동쪽 집에서 물건을 훔쳤다면
오늘은 북쪽 집으로 그 물건이 돌아간다.
옳지 못한 재물은 끓는 물에 뿌리는 눈발이고
뜻밖에 얻은 전답은 물살에 밀리는 모래이다.
간계와 잔꾀로 생계를 꾸린다면
아침에 피었다가 저녁에 지는 꽃과 똑같다.

堪歎人心毒似蛇, 誰知天眼轉如車. 去年妄取東鄰物, 今日還歸
北舍家. 無義錢財湯潑雪, 倘來田地水推沙. 若將狡譎爲生計, 恰似
朝開暮落花.

　　탐욕에 빠진 사람을 일깨우는 작품이다. 너나없이 남의 재
물을 탐내어 간계와 잔꾀를 쓰지만, 부당한 이득은 결코 네 것
이 되지 않는다. 고대 로마의 문인 플라우투스(Plautus, ?~기원
전 184년)가 『카르타고 사람(Poenulus)』에서 말한 "나쁘게 얻
은 재산은 나쁘게 끝난다."라는 격언과 같다. 지은이를 알 수 없
는 칠언율시로, 나중에 『충의수호전』과 『금병매』 등에 수록되
어 널리 전해졌다.

너그럽게 마음먹고 몇 년을 지내는 동안

누군 죽고 누군 사는 일이 눈앞에 펼쳐진다.

높으면 높은 대로, 낮으면 낮은 대로 인연 따라 지내고

길면 긴 대로, 짧으면 짧은 대로 불평을 품지 말자.

절로 생겼다가 절로 사라지니 한탄일랑 말지니

집이 가난하든 부유하든 모두 하늘에 달려 있다.

평생토록 먹고 벌기를 인연 따라 해결하니

하루 동안 맑고 한가하면 그 하루는 신선이다.

寬性寬懷過幾年, 人死人生在眼前. 隨高隨下隨緣過, 或長或短
莫埋怨. 自有自無休歎息, 家貧家富總由天. 平生衣祿隨緣度, 一日
清閑一日仙.

아등바등 죽기 살기로 사는 일은 이제 그만이다. 억지로 할 수 없는 것이 인생이니, 불평도 탄식도 하지 않는다. 지위도, 빈부도, 행불행도 인연 따라 되어 가는 대로 맡기고 살련다. 거창한 계획 같은 것은 없다. 오늘 하루 별일 없이 여유롭게 보냈으면 오늘 하루 나는 신선놀음하였다. 출전을 알 수 없는 칠언율시로 천계본에서는 맨 마지막의 "하루 동안 맑고 한가하면 그 하루는 신선이다."라는 구절만 뽑아서 수록하였다. 전체의 눈에 해당하는 삶의 태도이다. 나중에 『금병매』 49회에 인용되었다.

위기와 위험을 알면 법망에 걸리는 일이 절대로 없고
선인과 현자를 천거하면 몸이 편한 길이 절로 생긴다.
은혜와 덕망을 베풀면 대대로 번영을 누리고
시기하거나 원한을 갚으면 자손에게 후환을 끼친다.
남을 해치고 이익을 챙기면 크게 될 후손의 길을 막고
많은 이에게 해를 입혀 성공하면 부귀를 길게 누리랴?
이름을 바꾸고 성형하는 일은 다 교묘한 말재주 탓에 일어
나고
재앙이 일어나 몸을 다치는 일은 대개 어질지 못해 불러들
인다.
― 진종 황제, 「어제」

眞宗皇帝「御製」： 知危識險， 終無羅網之門； 擧善薦賢，
自有安身之路. 施恩布德， 乃世代之榮昌； 懷妬報冤， 與子孫
之爲患. 損人利己， 終無顯達雲仍； 害衆成家， 豈有久長富
貴? 改名異體， 皆因巧語而生； 禍起傷身， 蓋是不仁之召.

송 진종은 북송의 제3대 황제이다. 도교를 숭상하여 각지에
도관을 세우고 도교 경전을 정리하게 하였다. 이 격언은 남에게
선행을 베풀고 남을 해치지 않으며 어질게 살아야 복을 받고
번영을 누린다고 가르친다. 선행을 권장하는 도교의 권선문(勸
善文)과 비슷하다. 7구는 자신을 알아보지 못하도록 성명을 바

꾸거나 성형하고 신체를 훼손하는 행위를 가리킨다. 천계본에
는 "시은(施恩)"이 "시인(施仁)"으로 되어 있다.

———————

60

임금을 알고자 하면 먼저 그 신하를 살펴보고
사람을 알고자 하면 먼저 그 친구를 살펴보며
아버지를 알고자 하면 먼저 그 자식을 살펴보라.
임금이 성스러우면 신하가 충성스럽고, 아버지가 인자하면
자식이 효도한다.
— 왕량

王良曰: 欲知其君, 先視其臣; 欲識其人, 先視其友; 欲
知其父, 先視其子. 君聖臣忠, 父慈子孝.

어떤 사람의 됨됨이와 능력은 그가 부리거나 그와 어울리는
사람을 보면 잘 알 수 있다.『태공가교』22단에 "군주를 알고자
하면 부리는 사람을 살펴보고, 아버지를 알고자 하면 먼저 그
자식을 살펴보며, 나무를 알고자 하면 먼저 나무의 결을 살펴
보고, 사람을 알고자 하면 먼저 그 노비를 살펴보라.〔欲知其君,
視其所使; 欲知其父, 先視其子; 欲知其木, 視其木理; 欲知其人, 視
其奴婢.〕"라는 글에서 가져왔다.『치가절요』하권「노복(奴僕)」
에서도 "주인을 알고자 하면 먼저 그 노비를 살펴보라.〔欲知其

主, 先觀其僕.)"라는 말을 옛말에서 인용하였다. 그밖에 『한시외전』 권8 등에도 전국시대의 제후인 위 문후(魏文侯, 재위 기원전 445년~기원전 396년)가 사신의 됨됨이에 감탄하며 그를 보낸 군주 또한 현명한 사람임을 직접 만나 보지 않아도 알 수 있다고 칭찬한 말로 비슷한 내용이 나온다. 『신집』 372에는 왕량(王良)의 말로 인용하였는데, 왕량은 춘추시대 진(晉)나라의 신하이다.

61

물이 너무 맑으면 헤엄치는 물고기가 없고
사람이 너무 매몰차면 따르는 사람이 없다.
―『가어』

『家語』云: 水至淸則無魚, 人至察則無徒.

『공자가어』「입관(入官)」에 나오는 구절로, 『대대례기(大戴禮記)』를 비롯한 여러 저술에도 나온다. 혼자서만 깔끔 떨고 올곧게 행동하는 독불장군에게는 따르는 사람이 없다. 자신을 일부러 더럽히지는 않더라도 흠결 있고 때 묻은 사람까지 포용하는 도량을 갖추어야 큰일을 한다. 『춘추좌전(春秋左傳)』 선공(宣公) 15년 조에서는 "시내와 못은 더러운 사물을 받아들이고, 산의 숲은 나쁜 생물을 감추어 준다. 아름다운 옥은 흠

결을 숨기고, 한 나라의 군주는 더러운 것을 포용한다. 이것이 하늘의 도이다.〔川澤納汚, 山藪藏疾, 瑾瑜匿瑕, 國君含垢, 天之道也.〕"라고 하였으니, 그 취지를 생각하여야 한다.

62

천 권의 시서(詩書)를 읽는 것은 보기에는 어려워도 하기에는 쉽고

평범한 옷과 밥을 마련하는 것은 보기에는 쉬워도 하기에는 어렵다.

千卷詩書難却易, 一般衣飯易却難.

심오해 보이는 공부가 쉽고 평범해 보이는 의식주 마련이 오히려 어렵다. 송나라 임제종(臨濟宗) 승려 보암인숙(普菴印肅, 1115년~1169년) 선사의 「옛일을 노래하다〔頌古九十八首〕」에 나오는 시구로, 그의 어록집에 나온다. "만 권의 시서를 읽는 것은 어려워는 보여도 하기는 쉽고, 한 조각 옷과 한 입 밥을 마련하는 것은 쉬워는 보여도 하기는 어렵다. 수미산이니 겨자씨니 따져 무엇 하랴? 당당하게 웃통 벗고 바람과 깃발을 손가락질한다.〔萬卷詩書難却易, 片衣口飯易却難. 說甚須彌和芥子, 堂堂體露指風旛.〕" 천계본에는 수록되지 않았으나, 추가하였다.

가볍게 허락하는 사람은 분명 믿음성이 떨어지고
면전에서 칭찬하는 사람은 꼭 등 뒤에서 헐뜯는다.

輕諾者, 信必寡; 面譽者, 背必非.

　　원대의 문인이자 유학자인 호기휼(胡祇遹, 1227년~1295년)
의 어록에 나오는 말로, 『자산대전집(紫山大全集)』 권25의 「어
록」에 실려 있다. "베풀기 좋아하는 사람은 반드시 빼앗고, 기뻐
하기 잘하는 사람은 슬픔이 많고, 가볍게 허락하는 사람은 믿
음성이 떨어지고, 면전에서 칭찬하는 사람은 등 뒤에서 헐뜯고,
재빠르게 나가는 사람은 서둘러 물러나고, 많이 쟁여 놓은 사
람은 크게 망하고, 이기기 좋아하는 사람은 반드시 적수를 만
나고, 억센 사람은 틀림없이 제명대로 살지 못하니, 이치가 반
드시 그렇다.〔好施者必奪, 易喜者多悲, 輕諾者寡信, 面譽者背非,
進銳者退速, 多藏者厚亡, 好勝者必遇敵, 强梁者必不得死, 理必然
也.〕" 천계본에는 수록되지 않았으나, 추가하였다.

　　봄비가 대지를 촉촉하게 적셔도 행인은 질퍽하다고 싫어
하고

가을 달이 휘영청 밝아도 도둑은 환하게 비춘다고 싫어
한다.
— 허경종

許敬宗曰: 春雨如膏, 行人惡其泥濘; 秋月揚輝, 盜者憎
其照鑑.

많은 이가 좋아할 봄비와 가을 보름달도 처지가 다른 사람
에게는 싫다. 진창길을 가야 하는 행인이기 때문이고, 어두워
야 도둑질하는 도둑이기 때문이다. 모두가 좋아해도 어딘가에
는 싫어하는 이가 숨어 있다. 허경종(許敬宗, 592년~672년)은
당 고종(唐高宗, 재위 649년~683년) 때의 고관으로, 측천무후
(則天武后, 재위 690년~705년)를 황후로 옹립하고 저수량(褚
遂良, 596년~658년)과 장손무기(長孫無忌, 594년~659년) 등
을 죽였다. 이 글은 다음 글에서 나왔다고 하지만, 출전이 분명
하지 않다. "당 태종(唐太宗, 재위 596년~649년)이 허경종에
게 '짐이 뭇 신하들을 보건대, 경이 가장 현명하건마는 경을 좋
지 않게 말하는 이들이 있다. 왜 그런가?'라고 물었다. 허경종이
'봄비가 대지를 촉촉하게 적시면 농부는 땅이 기름지다고 기뻐
하나, 행인은 땅이 질퍽하다고 싫어합니다. 가을 달이 휘영청 밝
으면 미인은 구경하기 좋다고 기뻐하나, 도둑은 환하게 비춘다
고 싫어합니다. 천지가 아무리 커도 유감스럽게 생각하는 이들
이 있거니와, 신이야 말해 무엇하겠습니까?'라고 대답하였다."

제 눈으로 본 일도 사실이 아닐지 모른다고 의심하거늘
등 뒤에서 수군거리는 말을 어떻게 깊이 신뢰하겠는가?

經目之事, 猶恐未眞; 背後之言, 豈足深信?

　남들이 수군거리는 말과 소문을 가볍게 믿어서는 안 된다. 당시의 속담으로, 범입본은 『치가절요』 하권 「옳고 그름〔是非〕」에서 인용하여 다음과 같이 풀이하였다. "속담에 '제 눈으로 본 일도 사실이 아닐지 모른다고 의심하거늘, 등 뒤에서 수군거리는 말을 어떻게 깊이 신뢰하겠는가?'라는 말이 있다. 그 말이 상스럽기는 하나, 그 이치는 지극히 타당하다. 세상에 나가 활동하고 가정을 다스리는 사람은 직접 듣거나 직접 보지 않았다면, 옳으니 그르니 하는 허망한 말을 듣더라도 모두 믿지 못할 말로 여겨야 한다. 이렇게 한다면 허망한 말이 들어올 길이 없어진다." 천계본에는 "유(猶)"가 빠져 있다.

66

제집 두레박줄 짧은 것은 탓하지 않고
남의 집 우물이 깊은 것만 탓한다.

不恨自家蒲繩短, 只恨他家古井深.

　　문제는 너에게 있으니 남을 탓하지 말라. 『설원(說苑)』「정리(政理)」에 "짧은 두레박줄로는 깊은 우물물을 길어 올릴 수 없다."라는 말이 나온다. 자기 두레박줄이 짧아서 우물물을 길어 올리지 못하는데, 어리석은 사람은 남의 우물이 너무 깊다고 푸념한다. 조동종(曹洞宗)의 선승 천동정각(天童正覺, 1091년~1157년)의 『종용록(從容錄)』 권6에는 "두레박줄이 짧은 탓이니, 오래된 우물이 깊은 것과는 관계가 없다.〔自是蒲繩短, 非干古井深.〕"라는 말이 보인다. "고(古)"가 청주본과 흑구본, 천계본에 모두 "고(苦)"로 잘못 쓰였다. 천계본에는 66조와 67조의 앞뒤 순서가 바뀌어 있다.

67

부정한 재물을 받은 자가 세상에 가득한데도
죄는 복 없는 사람이 걸린다.

贓濫滿天下, 罪拘福薄人.

　　뇌물과 횡령 등 온갖 부정한 짓을 저질러 재물을 불린 자가 세상에는 널렸으나, 그 모두가 죄에 걸려 처벌받지는 않는다. 권력과 돈이 있어 벗어나기도 하는데, 죄에 걸리는 이가 꼭 나타난다. 남들은 피해 가는 죄에 걸린다면 복이 없고 재수가 없으며 뒷배경이 없기 때문이다. "복박(福薄)"이 천계본에는 "박복(薄福)"으로 되어 있다.

68

하늘이 평소에 하지 않던 짓을 하면, 바람이 불지 않으면
비가 내리고
사람이 평소에 하지 않던 짓을 하면, 병들지 않으면 죽는다.

天若改常, 不風卽雨; 人若改常, 不病卽死.

평소에 안 하던 짓을 갑자기 하거나 뜻밖의 횡재가 생기는
것은 좋지 못한 징조이다. 북송의 문형(文瑩)이 지은 『옥호청화
(玉壺淸話)』 권7에 "제 녹봉 외에 따로 백금의 횡재가 들어오
면, 병들지 않으면 죽는다."라는 사연이 보인다. 갑작스러운 생활
의 변화는 큰 행복을 가져오기는커녕 큰 불행의 씨앗이 된다.

69

나라가 올바르니 하늘은 마음이 순조롭고
관리가 청렴하니 백성은 절로 편안하다.

아내가 현명하니 남편은 재앙이 드물고
자식이 효도하니 부모는 마음이 너그럽다.
―『장원시』

『狀元詩』云: 國正天心順, 官淸民自安. 妻賢夫禍少, 子
孝父心寬.

　밖으로는 나라가 잘 돌아가고 관리가 청렴하여야 일기가 고
르고 백성이 편안하게 생활한다. 안으로는 아내가 현명하고 자
식이 효도하여야 남편에게는 재앙이 일어나지 않고 부모는 마
음 편하게 살아간다. 출전으로 밝힌 『장원시(狀元詩)』는 청주
본 『명심보감』 6장 7조에 나온 『신동시(神童詩)』와 같은 책이
다. 신동으로 알려진 북송의 왕수(汪洙)가 지은 시에 다른 사
람이 지은 시까지 함께 모아 만든 시선집이다. 수록된 시는 통
속적이고 이해하기 쉬워 후대의 아동교육에 널리 활용되었다.
이 시는 두 구절로 나뉘어 『사림광기』의 「거관경어(居官警語)」
와 「치가경어」에 따로 수록되었다.

70

나무는 먹줄을 받아야 똑바르게 잘리고
사람은 쓴소리를 받아야 성스러워진다.
― 공자

子曰: 木受繩則直, 人受諫則聖.

먹줄을 쳐서 나무를 곧게 자르듯이, 남의 충고를 잘 받아들여야 사람은 더 올바르게 사고하고 행동할 수 있다. 높은 지위에 있는 사람일수록 쓴소리를 들어야 큰 성과를 낼 수 있다. 여기서 사람은 일반적으로 군주를 가리킨다. 청주본『명심보감』13장 20조에 실린『서경』「열명(說命)」의 “나무는 먹줄을 받아야 똑바르게 되고, 임금은 쓴소리를 받아야 바로잡힌다.〔木以繩直, 君以諫正.〕”와 같은 취지의 격언으로,『설원』「건본(建本)」과『공자가어』「자로초현(子路初見)」등에 나온다.

———

71

한 줄기 푸른 산의 아름다운 풍경 속에
앞사람이 갈던 밭을 뒷사람이 갈고 있다.
뒷사람아! 네 밭이라 기뻐 날뛰지 말라!
네 밭을 갈 사람이 네 뒤에서 기다린다.

一派青山景色幽, 前人田土後人收. 後人收得莫歡喜, 更有收人在後頭.

부는 혼자서 영원히 소유할 수 없다. 앞 세대의 부를 이어받아 사용하고 다시 뒷 세대에게 물려주는 것이다. 범중엄이 철학적 이치를 담아 지은 시로 제목은 「부채에 써서 문인에게 주다〔書扇示門人〕」이다. 범중엄은 북송의 명재상이자 저명한 문인이다. 한편 『서신옹어록』 권1에는 서신옹이 지은 시로 실려 있다.

———————

72

까닭 없이 천금을 얻으면 큰 복은커녕 반드시 큰 화가 생긴다.

— 소식

蘇東坡云: 無故而得千金, 不有大福, 必有大禍.

평범한 사람이 까닭 없이 횡재하면 생각이 교만해져서 평소 지켜 오던 생활 태도를 잃어버린다. 횡재가 복이 되지 않고 오히려 재앙을 낳는다. 소식(蘇軾, 1037년~1101년)의 「사섭론(土燮論)」에 나오는 말이다. 사섭(土燮, 137년~226년)은 후한 말엽에 중국 남부 교지와 베트남 북부를 지배한 군벌로, 전쟁을 일으키지 않고 장기간 권력을 유지하였다. 소식은 병력이 있는데도 전쟁을 일으키지 않은 그를 지혜롭다고 평가하였다. 그가 전쟁을 일으켰으면 승리했을 것이라고, 승리했으면 일찍 패망했을 것이라고 보았다. 그에게 전쟁 승리는 횡재와 같아서 이른바 승자의 저주를 겪었으리라는 추론이다.

73

누가 찾아와 점괘를 묻기에 답하였다.
"어떻게 하면 화가 되고 복이 되나요?"
"내가 남에게 해롭게 하면 화이고
남이 나에게 해롭게 하면 복이다."
― 소강절

康節邵先生曰: 有人來問卜, 如何是禍福. 我虧人是禍, 人
虧我是福.

　　어떤 사람이 찾아와 앞날의 화복이 어떻게 될지 점을 치면
서 화를 피하고 복을 받는 법을 물었다. 그 물음에 소강절이 이
처럼 대답하였다. 우리 속담에 "때린 놈은 다릴 못 뻗고 자도,
맞은 놈은 다릴 뻗고 잔다."라는 것이 있다. 남에게 해를 끼치면
양심의 가책을 느끼거나 벌을 받을까 봐 불안하니 이미 화를
당한 것이다. 출전을 소강절의 시라고 밝혔으나, 그의 문집에는
나오지 않는다. 천계본에는 "소(邵)"가 빠져 있다.

큰 집이 천 칸이라도 밤에는 여덟 자 좁은 자리에 눕고
좋은 논밭이 일만 이랑이라도 하루에 쌀 두 되만 먹는다.

大廈千間, 夜臥八尺; 良田萬頃, 日食二升.

　　부자라고 침대가 열 배로 크지 않고, 하루에 혼자 쌀 한 가마를 먹지는 않는다. 먹고사는 기본은 부자나 가난한 사람이나 다르지 않다. 「조청헌공좌우명」에는 똑같은 내용이 나오고, 앞 구절에는 "내가 자는 한 자리 밖은 모두 남의 자리이다.〔一席之外, 皆是餘地.〕"라는 평을, 뒤 구절에는 "내가 배불리 먹고 남긴 것은 모두 남이 먹는다.〔一飽之外, 皆他人享.〕"라는 평을 덧붙였다. 이 내용은 『사림광기』「처기경어」 등에도 나온다. 『박통사언해』 하권에도 "상언에 이르되, 능히 만간방(萬間房)을 지어도 밤에 일하간(一廈間)에 잔다 하느니라.〔常言道: "能蓋萬間房, 夜眠一廈間."〕"라는 속담으로 소개하였다. 송대와 원대 이후로 널리 퍼진 속담이다.

———————————

75

오래 머물면 사람을 값없게 만들고
자주 찾으면 친한 사이도 서먹해진다.
사나흘 겨우 봤을 뿐이건마는
눈치가 처음과는 같지 않더라.

久住令人賤, 頻來親也疏. 但看三五日, 相見不如初.

『헤스페루스(Hesperus)』에서 장 파울(Jean Paul, 1763년~1825년)은 "아주 가끔 방문해야 항상 환영받는다."라고 하였다. 손님과 비는 사흘이 지나면 지겨워진다. 가까운 친척이나 가까운 친구라 해도 오래 묵거나 자주 찾아가면 좋아하지 않는다. 처음에는 반기다가도 점차로 싫어하는 눈치를 보이고, 나중에는 진저리를 친다. 「악태(惡態)」라는 글에서 삼연(三淵) 김창흡(金昌翕, 1653년~1722년)은 남의 집에 가서 오래 앉아 있는 짓을, 아무 말 없이 긴 시간 앉아 있는 짓을 못된 처신이라고 하였다. 특히 공부하는 집과 길 떠날 차비하는 집, 병자가 있는 집, 상갓집에 오래 있는 것이 더 나쁘다고 하였다. 인정세태를 실감 나게 표현하였다. 앞부분은 둔황 변문 「연자부(燕子賦)」 등에 나오니, 오래된 속담임을 알 수 있다.

76

목마를 때 물 한 방울은 단 이슬 같으나
취한 뒤에 술 한 잔은 안 하느니만 못하다.

渴時一滴如甘露, 醉後添盃不如無.

물 한 방울, 술 한 잔도 마셔서 좋은 때가 있고, 마셔서 안 좋은 때가 있다. 시간과 장소와 상황에 마침맞게 처신하여야 한다. 당시의 속담으로 출전은 확인되지 않는다.

술이 사람을 취하게 하지 않고 사람이 스스로 취하고
색이 사람을 미혹시키지 않고 사람이 스스로 미혹된다.

酒不醉人人自醉, 色不迷人人自迷.

술에 취해 놓고서 술을 탓하지 말고, 연인에게 빠져 놓고서
연인을 탓하지 마라. 술도 연인도 잘못이 없고, 분별없이 탐닉
한 너의 잘못이다. 당시의 속담으로 희곡과 소설에 많이 등장
한다.

공익을 추구하는 마음이 사익을 추구하는 마음 같다면
무슨 일인들 하지 못하랴?
도를 추구하는 마음이 사랑을 구하는 정념(情念) 같다면
성불한 지 벌써 오래이리라.

公心若比私心, 何事不辦? 道念若同情念, 成佛多時.

사람은 다른 사람의 이득보다 자기 자신의 이득을 우선시한
다. 사사로운 이익을 우선으로 여기는 그 마음을 공적 이익을

추구하는 데 쏟는다면 하지 못할 일이 무엇이 있으랴? 연인에
게 사랑을 갈구하는 열정만큼 간절하게 도를 구한다면 일찌감
치 성불하였을 것이다. 『오등회원』 권20에 수록된 백양법순(白
楊法順, 1076년~1139년) 선사의 법어에 나오는 말이다. 어제
본에서는 출전을 『경행록』으로 밝혔다.

———————

79

영악한 자는 말을 잘하고, 어수룩한 자는 말이 없다. 영악
한 자는 수고를 많이 하고, 어수룩한 자는 일 없이 편하다. 영
악한 자는 남을 해치고, 어수룩한 자는 덕을 베푼다. 영악한
자는 흉하고, 어수룩한 자는 길하다. 아! 천하 사람이 다 어수
룩하면 형벌과 정치가 안정되니, 위에서는 편안하고 아래에서
는 순종하며 기풍은 맑아지고 폐단은 끊어지리라.

— 주렴계

濂溪先生曰: 巧者言, 拙者黙; 巧者勞, 拙者逸; 巧者賊,
拙者德; 巧者凶, 拙者吉. 嗚呼! 天下拙, 刑政徹. 上安下
順, 風淸弊絶.

영악한 자를 세상에서 숭상하지만 실제로는 어수룩하고, 어
수룩한 자를 세상에서 무시하지만 실제로는 더 슬기롭다. 그러
니 37조에서 "능력 있는 사람은 능력 없는 사람의 종이다."라고

한 것이다. 주렴계(周濂溪)의 「졸부(拙賦)」에 나오는 격언으로, 『성리대전(性理大全)』 권70에 수록되어 있다. 주렴계는 송대의 유학자 주돈이(周敦頤, 1017년~1073년)이다. 영악함보다 어수룩함에 더 큰 가치를 두었기 때문에, 유학자들은 노자의 취향이 보인다고 의심하기도 하였다.

80

덕이 없는데도 지위가 높으면
지혜가 부족한데도 큰일을 꾀하면
화를 입지 않을 사람이 드물다.
―『주역』

『易』曰: 德微而位尊, 智小而謀大, 無禍者鮮矣.

　높은 지위를 감당할 덕이 없으면서 자리를 꿰차면, 또는 큰일을 맡을 지략과 경륜이 부족한데도 일을 벌이면, 견디지 못하고 물러나거나 화를 입게 된다. 『주역(周易)』 「계사전 하(繫辭傳下)」에서 공자가 한 말이다. 거기에는 "덕망이 없는데도 지위가 높으면, 지혜가 부족한데도 큰일을 꾀하면, 능력이 작은데도 책임이 무거우면, 화가 미치지 않는 자가 드물다.〔德薄而位尊, 知小而謀大, 力小而任重, 鮮不及矣.〕"라고 되어 있다.

81

관료는 높은 직책에 오른 뒤에 나태해지고
질병은 조금 나아진 뒤에 더 깊어지며
재앙은 게으름을 피운 끝에 발생하고
효도는 처자식이 생긴 뒤에 식는다.
이 네 가지를 살펴서 처음부터 끝까지 한결같아야 한다.
— 『설원』 「정간(正諫)」

『說苑』云: 官怠於宦成, 病加於少愈, 禍生於懈惰, 孝衰
於妻子. 察此四者, 愼終如始.

성공하거나 처지가 달라지면 처음 먹은 마음이 바뀐다. 처음
처럼 한마음으로 살아가는 모습이 아름답다.

자애로운 아버지라도 불효한 자식은 사랑하지 않고
현명한 군주라도 쓸모없는 신하는 받아들이지 않는다.
— 『가어』

『家語』云: 慈父不愛不孝之子, 明君不納無益之臣.

내리사랑이라고 하더라도 자식을 무조건 사랑하지는 않고,
고분고분하다고 하더라도 신하를 모두 받아들이지는 않는다.
자식답지 않다면, 신하로서 쓸모가 없다면 내치게 된다. 『신집』
313의 "『가어』에서 이르기를, 자애로운 아버지라도 불효한 자
식은 사랑하지 않고, 현명한 군주라도 쓸모없는 신하는 받아
들이지 않는다. 차라리 힘 있는 종을 아낄지언정, 힘없는 자식
은 쓰지 않는다.〔『家語』云: 慈父不愛不孝之子, 明君不納無益臣. 寧
愛有力之奴, 不用無力之子.〕"라는 글에서 뽑아 실었다.『묵자(墨
子)』「친사(親士)」와 『태공가교』19단에도 비슷한 글이 보인다.
천계본에는 수록되지 않았으나, 추가하였다.

83

그릇에 (물이) 가득 차면 넘치고
사람에게 (재물이) 가득 차면 잃게 된다.
―『경행록』

『景行錄』云: 器滿則溢, 人滿則喪.

그릇에 물이 가득하면 넘치듯이, 사람의 재물과 명예도 정점
에 이르면 줄어들 수밖에 없다. 세상의 온갖 것이 극성하면 그
다음에는 쇠퇴한다. 해가 중천에 뜨면 옮겨가고, 달도 차면 기
우는 것과 같다. "차면 넘친다.〔滿則溢.〕"라는 옛 속담이 있다.

홍만종(洪萬宗, 1643년~1725년)이 『순오지(旬五志)』에 소개하
고서 가득 차면 오래 버티기 힘듦을 비유하는 말이라고 풀이하
였다. "경행록운(景行錄云)"이 천계본에는 빠져 있다.

84

양고깃국이 맛있어도 모두의 입맛을 맞추기는 어렵다.

羊羹雖美, 衆口難調.

　입맛과 기호는 사람마다 제각각이라서 모든 사람의 기호와
기대를 충족하기는 어렵다. 송나라 때의 속담으로 『오등회원』
권15 등에 나온다.

85

크디큰 옥은 보배가 아니니 짧디짧은 시간을 아껴라.

尺璧非寶, 寸陰是競.

　아껴야 할 것은 값비싼 옥이 아니라 시간이다. 이 격언의 출
전은 『천자문(千字文)』이다. 『회남자』 「원도훈(原道訓)」에 나

오는 "성인은 한 자 크기의 큰 옥을 귀하게 여기지 않고 오히려 아주 짧은 시간을 소중히 여겼다. 시간을 얻기는 어렵고 잃기는 쉽기 때문이다.〔聖人不貴尺之璧, 而重寸之陰, 時難得而易失也.〕"라는 글에 뿌리를 두고 있다.

<hr>

86

백옥(白玉)은 진흙탕에 던져도 빛깔이 더럽게 검어지지 않고 군자는 혼탁한 곳에 가더라도 마음이 물들어 어지럽지 않다. 그렇기에 소나무와 측백나무가 눈과 서리를 견딜 수 있듯이 밝은 지혜로 곤경과 위기를 헤쳐 나갈 수 있다.
—『익지서』

『益智書』云: 白玉投於泥, 不能汚涅其色; 君子行於濁地, 不能染亂其心. 故松栢可以奈雪霜, 明智可以涉艱危.

굳센 지조와 밝은 지혜를 지닌 사람은 외부 환경에 쉽게 휘둘리지 않는다. 아무리 나쁜 환경에 처하더라도 거기에 물들지 않고 본래의 가치를 지키고 역경에서 벗어난다. 『진언요결』 권 1과 『신집』 2에 공자가 한 말로 나온다. 천계본에는 "내(奈)"가 "내(耐)"로 되어 있는데, 뜻이 더 분명해진다.

87

산에 들어가 범을 잡는 것은 쉬우나
입을 열어 남에게 돈을 빌리기는 어렵다.

入山擒虎易, 開口告人難.

　　돈을 빌려 달라는 등 남에게 아쉬운 소리를 하기는 죽기보
다도 싫다. 차라리 목숨을 걸고 산에 들어가 호랑이를 잡는 것
이 낫겠다. 『속고존숙요어(續古尊宿語要)』 등에 나오는 속담으
로, 『비파기』 등 원대 희곡에 보인다. 원문의 "고(告)"는 "구(求)"
와 같다.

먼 곳에 있는 물로는 가까운 곳의 불을 끄지 못하고
먼 곳에 사는 친척은 가까이 사는 이웃만 못하다.

遠水不救近火, 遠親不如近鄰.

　　위 구절은 『한비자』 「설림(說林)」에 나오는 말이다. "먼 월나
라에서 사람을 데려다가 물에 빠진 자식을 구하려 한다면, 월
나라 사람이 아무리 헤엄을 잘 치더라도 자식을 절대 살려 내

지 못한다. 불이 났을 때 바다에서 물을 길어다가 불을 끄려고
한다면, 바닷물이 아무리 많아도 불을 절대 끄지 못할 것이다.
먼 곳에 있는 물로는 가까운 곳의 불을 끄지 못하기 때문이다.”
라고 하였다.

아래 구절은 선승의 어록과 희곡 등에 자주 나오는 속담이
다. 송나라의 보령인용(保寧仁勇) 선사는 어록에서 자기 마음
을 곧장 깨닫는 것을 비유하는 속담으로 사용하였다. 그에 따
르면 먼 곳에 사는 친척은 갖가지 욕망에 뒤덮인 망령된 마음
을, 가까이 사는 이웃은 그 어떤 욕망에도 흔들리지 않는 참된
마음을 비유한다. 조선 후기의 속담집 『백언해(百諺解)』와 『채
파유의(采葩遺意)』에도 “친척이 멀리 살면 가까이 사는 이웃만
못하다.〔親族遠居, 不如近鄰.〕”라는 속담이 보인다.

89

해와 달이 밝아도 엎어 놓은 동이 밑은 비추지 못하고
칼과 검이 잘 들어도 죄 없는 사람은 베지 못하며
나쁜 재난과 뜻밖의 화도 조심하는 집에는 침입하지 못한다.
―『태공가교』

太公曰: 日月雖明, 不照覆盆之下; 刀劍雖快, 不斬無罪之
人; 非災橫禍, 不入愼家之門.

큰 힘이 미치지 못하는 구석이 있으므로 위험한 세상에서도 저만 조심하면 해를 피할 수 있다.『태공가교』17단의 "송골매가 빨라도 비바람보다 빠르지는 않고, 해와 달이 밝아도 엎어 놓은 동이 밑은 비추지 못하고, 요순(堯舜) 임금이 성인이라도 제 부모를 교화하지는 못하고, 미자(微子)가 현명하여도 어리석은 군주에게 간언하지는 못하고, 비간(比干)이 지혜로워도 재앙을 모면하지는 못하고, 이무기가 똑똑하여도 언덕 위에 있는 사람을 죽이지는 못하고, 칼과 검이 잘 들어도 죄 없이 깨끗한 사람은 베지 못하고, 법망이 촘촘하여도 아무 죄도 저지르지 않은 사람을 잡아들이지 못하고, 나쁜 재난과 뜻밖의 화도 조심하는 집에는 침입하지 못한다.〔鷹鶴雖迅, 不能快於風雨; 日月雖明, 不照覆盆之下; 唐虞雖聖, 不能化其明主; 微子雖賢, 不能諫其暗君; 比干雖惠, 不能自勉其身; 蛟龍雖聖, 不能殺岸上之人; 刀劍雖利, 不能殺淸潔之人; 羅網雖細, 不能執無事之人; 非災橫禍, 不入愼家之門.〕"라는 긴 내용에서 간추려 수록하였다. 특히 마지막 구절은 당나라 초기의 문인 왕발이 지은 「평태비략론(平台秘略論)」에서 "상말에 이르기를 조심하는 집에는 화가 침입하지 못한다고 하였다.〔諺曰禍不入愼家之門.〕"라고 인용한 속담으로, 당나라 이후에 매우 널리 쓰였다.

90

비옥한 전답 백 이랑도 몸에 익힌 하찮은 기예보다는 못하다.
—『태공가교』

太公曰: 良田萬頃, 不如薄藝隨身.

　부모에게서 물려받은 큰 자산이 든든하여도, 자립할 수 있는 기술과 능력이 더 낫다.『태공가교』23단에 나오는 격언으로,『안씨가훈(顔氏家訓)』「면학(勉學)」에 실린 “재물을 천만금 쌓아 둬도, 경서를 시원하게 풀이하는 능력보다는 못하다.〔積財千萬, 不如明解經書.〕”라는 속담과 짝을 이룬다.『사림광기』「응세경어」에도 실려 있다.

91

청렴하여 가난하면 언제나 즐겁지만
부정하게 잘살면 걱정을 달고 산다.
—『주례』

『周禮』云: 淸貧常樂, 濁富多憂.

　『신집』238에 실린 다음 시에서 뽑은 격언이다. “나를 아는 이는 나더러 마음에 걱정이 있다고 하고, 나를 모르는 이는 나더러 무엇을 구하느냐고 한다. 아무 일 없는 것이 나의 부귀이고, 천천히 걷는 것이 나의 고급 수레이다. 청렴하여 가난하면 오래도록 즐거우나, 부정하게 잘살면 걱정을 달고 산다.〔知我者, 爲我心憂; 不知我者, 爲我何求. 無事當貴, 緩步當車, 淸貧長樂, 濁富多憂.〕" 한편 남당(南唐) 때의 선승 전기집인 『조당집(祖堂集)』의 「초경화상(招慶和尙)」에는 "학인이 '여러 인연은 여쭙지 않겠습니다. 무엇이 스님의 가풍입니까?'라고 묻자 초경 화상이 다음과 같이 대답하였다. '차라리 청렴하여 가난하게 오래 즐기며 지낼지언정, 부정하게 잘살면서 걱정을 달고 다니지는 않겠다.'〔學人問: "諸緣則不問, 如何是和尙家風?" 師云: "寧可淸貧長樂, 不作濁富多憂."〕"라는 내용이 있다. 현재 전하는 『주례(周禮)』에는 나오지 않는다. 천계본에는 수록되지 않았으나, 추가하였다.

92

정성껏 꽃을 심었더니 꽃은 살아나지 않고
무심코 버들을 꽂았더니 버들은 숲을 이뤘네.

着意栽花栽不活, 無心揷柳揷成林.

  정성과 노력을 기울여 행한 일은 성공하지 못하였으나, 큰 생각 없이 한 일은 성공을 거두었다. 인생에는 그런 경우가 많다. 원나라 때의 속담으로, 관한경의 희곡 『노재랑(魯齋郎)』 등 많은 희곡에 등장한다. 천계본에는 수록되지 않았으나, 추가하였다.

93

사람을 대하는 요점을 말하자면, 자기가 하고 싶지 않은 일을 남에게 강요하지 말고, 뜻대로 일이 되지 않을 때 자신에게서 원인을 찾아라.

―『백록동서원학규』

性理書云: 接物之要: 己所不欲, 勿施於人; 行有不得, 反求諸己.

자기가 하고 싶지 않은 일은 남이 대신 해 주기를 바라고, 일을 하다가 뜻대로 되지 않으면 남 탓을 하게 되는 것이 사람의 심리이다. 성숙한 사람이라면 그와 반대로 할 것이다. 주자가 백록동서원을 재건하고 학생을 가르치면서 만든 규약인 『백록동서원학규(白鹿洞書院學規)』에 나오는 말이다. 『논어』 「안연」 과 『맹자』 「이루 상(離婁上)」에 나오는, 공자와 맹자의 명언을 조합하여 만든 격언이다.

음주와 색욕, 재물과 객기로 사방에 담을 쌓고
수많은 현자와 바보가 그 안에 갇혀 산다.
누구든지 담 밖으로 훌쩍 뛰어 벗어나면
그것이 바로 죽지 않고 신선이 되는 처방이다.

酒色財氣四堵牆, 多少賢愚在內廂. 若有世人跳得出, 便
是神仙不死方.

　신선이 되어 장생불사(長生不死)하기를 꿈꾸는 사람들이 있
다. 그러나 신선이 되는 길은 인간답게 사는 것에서부터 시작한
다. 인생의 네 가지 경계인 음주와 색욕, 재물, 객기에 빠져 지낸
다면 인간답게 살지도 못하니, 신선은 아예 꿈도 꾸지 말아야
한다. 아니, 네 가지 욕망의 감옥을 탈출하기만 해도 신선이다.
작자가 누구인지 밝혀지지 않은 시이다. 당나라 때의 도사 여
동빈(呂洞賓)의 작품으로 보기도 하고, 그와 만난 승려의 작품
으로 보기도 하나, 그 어떤 설도 문헌상 근거가 없다. 명대 이전
의 도가 계통 인물이 지은 작품으로 보인다.

사람이 태어나도 지혜는 생기지 않고
지혜가 생기니 몸이 벌써 쉽게 늙는다.
마음과 지혜가 한 뭉치로 생기고 나니
어느새 무상한 죽음이 찾아왔구나.

人生智未生, 智生人易老. 心智一切生, 不覺無常到.

　나이가 어리면 지혜가 부족하고, 지혜가 넘치면 몸이 늙는다. 마음과 지혜가 일치하여 가장 좋은 이때 죽음이 저 앞에서 기다린다. 매력적인 이 철학적 시는 둔황에서 출토된 당나라 때의 변문 『여산원공화(廬山遠公話)』의 다음 구절에 뿌리를 둔다. "몸이 생겨도 지혜는 생기지 않는데, 지혜가 생기니 몸은 벌써 늙었다. 몸은 지혜가 더디 생겼다고 아쉬워하고, 지혜는 몸이 일찍 생겼다고 아쉬워한다. 몸과 지혜가 딱 만나지 못하고 몇 번이나 늙는 과정을 겪었던가? 몸과 지혜가 딱 만났다면 곧바로 깨달음을 얻었으리.〔身生智未生, 智生身已老. 身恨智生遲, 智恨身生早. 身智不相逢, 曾經幾度老. 身智若相逢, 卽得成佛道.〕" 천계본에는 수록되지 않았으나, 추가하였다.

12

처세의 기본

세상을 살아가는 처신의 기본을 제시한 격언을 모은 장이
다. 개인의 생활 계획과 윤리 규범, 인생 태도를 중심으로 하
되, 특히 사회생활을 앞둔 젊은 학생이 인생을 설계할 때 참고
할 만한 격언을 수록하였다. 가정과 사회에서 남들과 부딪히
며 살아갈 때 지키면 좋을 덕목을 많이 제시하였는데, 영악한
처세술이나 낡고 경직된 가치관을 강요하지 않는다. 복잡하고
혼란한 세상에서 인간다운 위의를 지키면서 부패하지 않고
건강하고 자유롭게 살아가는 사회생활의 교범으로 볼 수 있
다. 청주본 17개조 가운데 6개조를 뽑았다.

세상에 서는 데는 의로움이 있어야 하니 효도가 근본이고
상례와 제사에는 예의가 있어야 하니 슬픔이 근본이고
전투에 임해서는 매서움이 있어야 하니 용기가 근본이고
정치와 행정에는 조리가 있어야 하니 농사가 근본이고
나라의 유지에는 도가 있어야 하니 후계자 세움이 근본이고
재물의 생산에는 때가 있어야 하니 노력함이 근본이다.
— 공자

子曰: 立身有義而孝爲本, 喪祀有禮而哀爲本. 戰陣有烈
而勇爲本, 治政有理而農爲本. 居國有道而嗣爲本, 生財有
時而力爲本.

사회생활의 여러 부문에서 필요한 덕목과 그 일을 할 때 지
녀야 할 기본이 되는 태도 여섯 가지이다. 마음가짐을 위주로
제시하였는데, 간명하면서도 설득력이 있다. 『사림광기』「경세
격언」에도 "마음을 다스리는 여섯 가지 근본〔治心六本〕"이라는
표제로 인용하였고, 『황석공단서(黃石公丹書)』를 출전으로 밝
혔다. 다만 순서는 다르다. 『공자가어』「육본(六本)」에도 나오는
데, 문장과 어휘에 차이가 있다.

정치를 잘하는 요체는 공정함과 청렴함이고
집안을 일으키는 도리는 검소함과 근면함이다.
—『경행록』

『景行錄』云: 爲政之要, 曰公與淸. 成家之道, 曰儉與勤.

하나는 공직을 담당한 관리의 처신이고, 다른 하나는 가정
을 번영으로 이끄는 가장의 생활 태도이다. 맡은 임무에서 모범
이 되는 처신을 제시하였다.

3

책을 읽는 것은 집안을 일으키는 근본이고
순리대로 처신함은 집안을 보전하는 근본이고
부지런함과 검소함은 집안을 다스리는 근본이고
화목함과 순종함은 집안을 바로 세우는 근본이다.

讀書, 起家之本; 循理, 保家之本; 勤儉, 治家之本; 和
順, 齊家之本.

건실한 가정을 만드는 설계안이다. 보통 “가정생활의 네 가

지 근본〔居家四本〕”이라는 격언으로 전한다. 주자가 만들었다고 도 하나 근거는 약하다. 『사림광기』「경세격언」에는 “여씨가약 (余氏家約)”으로 수록하였는데, 사실에 더 가깝다. 다산(茶山) 정약용(丁若鏞, 1762년~1836년)은 이 네 가지 주제로 한 집 안을 건실하고 안정되게 이끌어갈 격언 99개조를 뽑아 격언집 『거가사본(居家四本)』을 편찬하였다.

―――――――

4

일생의 계획은 근면함에 있고
일 년의 계획은 봄에 있으며
하루의 계획은 새벽에 있다.
어려서 배우지 않으면 늙어서 아는 것이 없고
봄에 논밭 갈지 않으면 가을에 바랄 것이 없으며
새벽에 일어나지 않으면 그날 하루 한 일이 없다.
―『공자삼계도』

『孔子三計圖』云: 一生之計在於勤, 一年之計在於春, 一日之計在於寅. 幼而不學, 老無所知; 春若不耕, 秋無所望; 寅若不起, 日無所辦.

인생에서 한평생은 어떻게 살고 일 년은 어떻게 계획하며 하루는 어떻게 보낼 것인가? 공자라면 이렇게 설계했을 것이라고 하여 그 기본 계획을 제시하였다. 양 원제(梁元帝, 재위 552년~ 555년)의 사라진 저술『찬요(纂要)』에서 "일 년의 계획은 봄에 있고, 하루의 계획은 새벽에 있다.〔一年之計在於春, 一日之計在於 晨.〕"라고 한 말을 기초로 만들었다. 원대의 사전『운부군옥(韻 府群玉)』에 인용되어 있다. 20세기 이후로 남궁준의 증보본 등 다수의 초략본에서 첫 구절의 "근면함〔勤〕"을 "어릴 때〔幼〕"로 바꿔서 번역했는데, 이는 오류이다. 범입본의 저술『치가절요』 「신혼(晨昏)」 항목에서 "하루의 계획은 새벽에 있다. 새벽에 일 어나지 않으면 그날 하루 한 일이 없다."라는 대목을 인용하고 출전을『공자삼계도(孔子三計圖)』로 밝히지 않고 "옛말〔古語〕" 이라고 밝혔다. 이 책은 기록에 나오지 않는다.

———

5

인륜 교육에는 다섯 가지 조목이 있다. 부모와 자식 사이에 는 친분이 있고, 임금과 신하 사이에는 의리가 있고, 남편과 아내 사이에는 분별이 있고, 어른과 젊은이 사이에는 차례가 있고, 친구 사이에는 믿음이 있다.

—『백록동서원학규』

性理書云: 五教之目, 父子有親, 君臣有義, 夫婦有別, 長 幼有序, 朋友有信.

주자가 인륜 교육의 핵심을 다섯 가지로 제시하였다. 인간에게 가장 기본이 되는 다섯 가지 관계로 오륜(五倫)을 설정하였고, 그 관계에서 지켜야 할 윤리 덕목을 확정하였다. 이 오륜은 본래 『맹자』 「등문공 상(滕文公上)」에서 성인이 백성에게 가르친 인륜이었다고 말한 것이다. 젊은 학생에게 가르칠 유교의 기본 윤리인데, 나중에는 인간 모두가 지켜야 할 보편적 규범으로 확대되었다.

———————

6

말은 반드시 진실하고 미덥게 하며
행동은 반드시 신중하고 공손하게 한다.
음식은 반드시 삼가고 절제하며
글씨는 반드시 반듯하고 바르게 쓴다.
용모는 반드시 단정하고 근엄하게 하며
의관은 반드시 의젓하고 가지런하게 한다.
걸음걸이는 반드시 차분하고 점잖게 하며
거처는 반드시 바르고 정숙하게 한다.
일은 반드시 계획을 세워 시작하고
말은 반드시 행실을 고려하여 한다.
떳떳한 도덕은 반드시 굳게 지키고
일의 승낙은 반드시 무겁게 대답한다.
선행을 보면 내가 한 일처럼 반기고

악행을 보면 내가 앓는 병인 듯 아파한다.
앞에서 말한 열네 가지 일은
미처 깊이 성찰하지 못하였으니
앉은 자리 귀퉁이에 글을 써 놓고
아침저녁 살펴보고 경계하리라.
— 장역, 「좌우명」

張思叔「座右銘」曰: 凡語必忠信, 凡行必篤敬. 飮食必愼節, 字畫必楷正. 容貌必端莊, 衣冠必肅整. 步履必安詳, 居處必正靜. 作事必謀始, 出言必顧行. 常德必固持, 然諾必重應. 見善如己出, 見惡如己病. 凡此十四者, 我皆未深省. 書此當座隅, 朝夕視爲警.

일상생활에서 유념해야 할 자세 열네 가지를 차례대로 제시하였다. 시대와 장소를 초월하여 필요한 덕목으로, 현대인에게도 성찰의 주제가 될 만하다. 장역(張繹, 1071년~1108년)은 북송의 유학자로, 사숙은 그의 자(字)이다. 유학자 정이천(程伊川)의 수제자로, 이 좌우명은 『소학』 「가언」에도 실려 전한다. "아개(我皆)"가 천계본에는 "개아(皆我)"로 되어 있다.

13

관료의 몸가짐

관료가 갖추어야 할 몸가짐의 격언을 모은 장이다. 관료의
태도를 경계한 잠언을 보통 관잠(官箴)이라 한다. 관료가 사회
에 끼치는 영향이 매우 크기 때문에 유학에서는 관잠을 중시
하였다. 『논어』와 『소학』, 『동몽훈(童蒙訓)』 등 유학자의 어록
을 중심으로 기사를 뽑았다. 유학에서 바라는 관료의 기본자
세에는 현대의 공직자도 눈여겨볼 만한 것이 적지 않다. 청주
본 22개조 가운데 8개조를 뽑았다.

직책이 낮은 관료라도 백성 사랑에 뜻을 둔다면 틀림없이
많은 이에게 도움을 줄 수 있다.
　— 정명도

明道先生曰:　一命之士,　苟存心於愛物,　於人必有所濟.

　벼슬길에 첫발을 들여놓은 관료가 지녀야 할 마음가짐이다.
아무리 지위가 낮더라도 백성을 사랑하는 마음을 앞세운다면
관료로서 백성에게 도움을 줄 길은 많다. 그러니 지위가 높은
관료는 더 말할 나위가 없다. 정명도(程明道)는 북송의 유학자
정호(程顥, 1032년~1085년)로, 아우인 이천(伊川) 정이(程頤,
1033년~1107년)와 함께 이정(二程)으로 불린다. 이 글은 정명
도가 항상 당부하던 말로, 그의 행장(行狀)에 나온다. 성리학
의 터전을 마련한 형제의 저술은 『이정전서(二程全書)』로 집성
되었다. 『근사록』 「정사(政事)」와 『소학』 「가언」에 나온다.

　위에는 지휘하는 고관이 있고, 가운데에는 실행하는 관료가
있으며, 아래에는 지시를 따르는 백성이 있다. 비단옷을 입고
나라 창고의 곡식을 먹으니 관료가 받는 녹봉은 백성의 피와

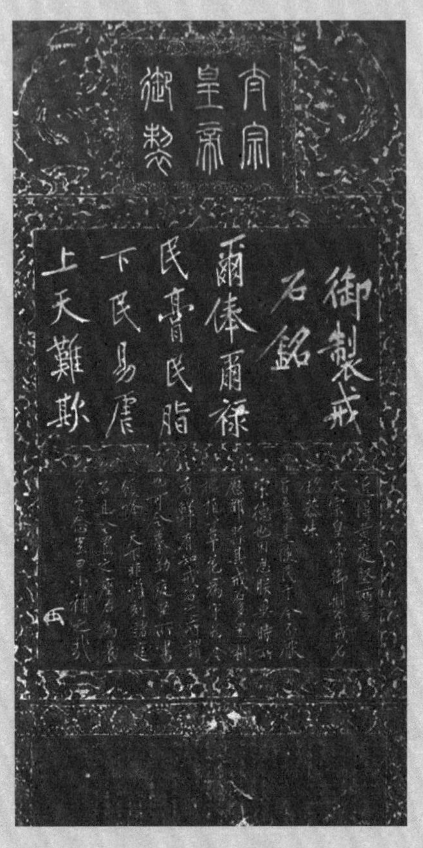

중국 광시성 우저우(梧州)에 현존하는 북송 태종 황제의 「계석명」 탁본. 1082년에 명필 황정견이 써서 새긴 것을 1132년에 남송의 고종 황제가 찾아서 전국에 세우게 하였다. 「어제계석명(御製戒石銘)」의 제목과 본문은 황정견의 글씨이고, 그 아래에는 고종의 친필 조령(詔令)과 더불어 재상 여이호(呂頤浩, 1071년~1139년)의 발문이 새겨져 있다.

땀이다. 백성을 학대하기는 쉬워도 하늘을 속이기는 어렵다.

— 송 태종, 「어제」

宋太宗「御製」: 上有麾之, 中有乘之, 下有附之. 幣帛衣之, 倉廩食之, 爾俸爾祿, 民膏民脂. 下民易虐, 上蒼難欺.

관료는 백성의 피와 땀으로 생산한 재물을 녹봉으로 받으니, 백성 위에 군림하지 말고 백성을 위하여 일해야 한다. 백성을 착취하면 하늘이 알아차려서 반드시 벌을 내린다. 관료의 봉직 자세를 규정한 관잠의 명작이다. 본디 오대십국(五代十國) 시대 후촉의 황제 맹창(孟昶, 재위 934년~965년)이 지은 것으로, 그중 마지막에 나오는 “관료가 받는 녹봉” 아래 구절을 송 태종이 「계석명(戒石銘)」이라는 이름으로 써서 관아에 세워 놓게 하였다. “송 태종(宋太宗)”이 청주본과 천계본 등에는 “당 태종(唐太宗)”으로 되어 있으나, 오류이므로 바로잡았다.

3

관직을 수행하는 방법은 오로지 세 가지가 있으니, 청렴함과 신중함과 근면함이다. 이 세 가지를 안다면 몸가짐의 길을 잘 아는 것이다.

— 『동몽훈』

『童蒙訓』曰: 當官之法, 唯有三事: 曰淸, 曰愼, 曰勤. 知此三者, 則知所以持身矣.

송나라의 유학자 여본중(呂本中, 1084년~1145년)이 아동교육용으로 저술한 『동몽훈』에는 관료가 되었을 때의 몸가짐을 다룬 교훈이 다수 수록되어 있다. 여기에서는 관료의 기본자세를 청렴함과 신중함과 근면함의 세 가지로 규정하였다.

———

4

관직에 있는 사람은 갑자기 화내는 짓을 반드시 경계해야 한다. 옳지 않은 일이 생겼을 때는 자세히 살펴서 처리하면 틀림없이 합당하게 처리할 수 있다. 불쑥 화부터 낸다면 자신에게만 해를 입힐 뿐이니, 남을 해칠 수 있겠는가?
—『동몽훈』

『童蒙訓』曰: 當官者, 必以暴怒爲戒. 事有不可, 當詳處之, 必無不中. 若先暴怒, 只能自害, 豈能害人?

관료가 불쑥 화를 내면 하급 관원이나 백성들에게 큰 피해를 준다. 자신의 위신부터 깎이니 효과도 없고, 생각지도 못한 문제를 일으켜 자신의 앞길을 막기 쉽다. 천계본에는 "동몽훈 왈(童蒙訓曰)"이 빠져 있다.

5

유안례가 백성을 다스리는 방법을 물으니, 명도 선생이 "백성들이 제각기 속마음을 터놓고 말할 수 있게 하라."라고 대답하였다. 아전 부리는 방법을 물으니 "자신이 올바로 처신함으로써 아전을 바로잡으라."라고 대답하였다.

劉安禮問臨民, 明道先生曰: "使民各得輸其情." 問御吏, 曰: "正己以格物."

백성과 하급 관원을 다스리는 관료에게 주는 지침이다. 백성이 요구 사항을 거리낌 없이 말하게 하고 하급 관원에게는 지시하는 모습이 아니라 모범을 보이면 훌륭한 지방관이다. 유안례(劉安禮, 1069년~1128년)는 북송 하간(河間) 사람으로, 정명도의 제자이다. 『소학』「가언」에 실려 있다.

지위가 높은 사람은 덕망이 부족해서는 안 되고
관직이 높은 사람은 속임수로 정치해서는 안 된다.
— 자공

子貢曰: 位尊者, 德不可薄; 官大者, 政不可欺.

지위가 높아질수록 사람을 통솔하는 덕망을 갖추고 중요한 일을 맡아서 공익을 위해 일하여야 한다. 덕이 부족해서도 안 되고 속임수를 써서도 안 된다. 공자의 제자 자공이 한 말로, 당나라의 구양순이 편찬하여 625년에 간행한 『예문유취(藝文類聚)』「논정(論政)」편에 나온다. 천계본에는 수록되지 않았으나, 추가하였다.

———————

7

『포박자』에서 "도끼를 맞더라도 용감하게 쓴소리하고, 가마솥에서 삶겨 죽더라도 남김없이 진언한다."라고 했으니, 이런 신하를 충신이라 한다.

『抱朴子』云: 迎斧鉞而正諫, 據鼎鑊而盡言, 此謂忠臣也.

충신은 나라를 위기에서 구출하기 위해서라면, 최고 지도자를 바로잡기 위해서라면 목숨도 아끼지 않고 할 말을 하는 신하이다. 『포박자(抱朴子)』는 동진(東晉) 때의 학자 갈홍(葛洪, 283년~343년)이 지은 책이다. 불로장생과 연단술 등을 설명한 도가서로, 그 책의 「절신편(節臣篇)」에 나온 말이다. 청주본과 흑구본 등에는 "정(正)"이 "정(政)"으로 되어 있으나, 이는 오류이다.

8

충신은 죽음을 두려워하지 않으니
죽음을 두려워하면 충신이 아니다.

忠臣不怕死, 怕死不忠臣.

　당시의 속담으로, 양재(楊梓, ?~1324년)의 잡극『예양탄탄(豫讓吞炭)』등에 나온다. 추포(秋浦) 황신(黃愼, ?~1617년)은 임진왜란 때의 명신으로, 일본에 국서를 가지고 가면서 이 속담을 본떠 "대장부는 죽음을 두려워하지 않으니, 죽음을 두려워하면 대장부가 아니다.〔丈夫不怕死, 怕死非丈夫.〕"라는 시를 지어서 결의를 다졌다. 천계본에는 수록되지 않았으나, 추가하였다.

14

가정의 운영

합리적이고 효과적으로 가정을 운영하는 법을 말한 격언을
모은 장이다. 가정 관리(oikonomia)의 중요한 원칙과 세부 지
침을 15장 및 16장과 함께 제시한다. 가장의 눈높이로 아내와
자녀 등 식구를 다루는 방법을 제시하고, 집안 살림을 꾸리고
손님을 접대하며 자녀를 혼인시키고 도둑을 방지하는 크고
작은 일을 처리하는 원칙을 제시하였다. 가부장제 사회에서
가정을 질서 있게 이끌어 가는 지침으로서 가장의 권위와 책
임을 중시하였다. 현대인의 시각에서는 불만스러운 점이 있으
나, 보편적 가치를 지니는 원칙이 여전히 많다. 구전된 민간의
격언은 당시 일반 사람의 의식을 대변한다. 청주본 16개조 가
운데 9개조를 뽑았다.

1

지위가 낮고 나이가 적은 사람은 큰 일이든 작은 일이든 독단하여 행동하지 말고 반드시 가장에게 물어보아야 한다.
— 사마광

司馬溫公曰: 凡諸卑幼, 事無大小, 毋得專行, 必咨稟於家長.

가장은 식구를 잘 이끌어야 하고, 식구는 가장을 잘 따라야 한다. 나이가 어린 사람일수록 하고 싶은 대로 독단적으로 일을 처리해서는 안 되고, 크고 작은 일을 가장에게 물어서 하여야 한다. 사마광은 가훈과 가법에 관한 저술을 여럿 지었는데, 『거가잡의(居家雜儀)』가 유명하다.

2

손님 접대는 풍성하지 않을 수 없고
집안 살림은 검소하지 않을 수 없다.

待客不得不豐, 治家不得不儉.

집안 살림을 검소하게 꾸려 가더라도 손님에게는 풍성하게 대접하여야 한다. 가난한 살림이라도 손님을 잘 대접하여야 한다는 접빈객(接賓客)을 가정 규범으로 중시하였다.

3

돈이 있을 때는 언제나 돈이 없을 날을 대비하고
건강할 때는 모름지기 병이 들 때를 예방해야 한다.

有錢常備無錢日, 安樂須防患病時.

　부유할 때 가난을 대비하여 절약하고 저축하여야 하고, 건강할 때 조심하여 질병을 예방하여야 한다. 7장 27조의 "돈이 있을 때는 돈이 없던 날을 항상 기억하고, 몸이 건강할 때는 병을 앓던 때를 항상 생각한다.〔有錢常記無錢日, 安樂常思患病時.〕"라는 속담과는 세 글자만 다른, 매우 비슷한 격언이다. 예방을 강조한 점이 다르다. 천계본에는 수록되지 않았으나, 추가하였다.

4

못난 남자는 부인을 두려워하고
슬기로운 여자는 남편을 존중한다.
　―『태공가교』

218

太公曰: 癡人畏婦, 賢女敬夫.

　아내를 두려워하는 사람을 흔히 공처가(恐妻家)나 경처가(驚妻家)라고 하는데, 여기에 나오는 외부가(畏婦家)도 같은 말이다. 당시에도 부인을 두려워하는 남편은 멍청하다는 말을 들었다. 부부는 서로 동등한 관계이므로 일방적으로 존중하거나 무시하는 것은 옳지 않다. 현명한 부부라면 서로 존중하고, 멍청한 부부라면 서로 두려워한다.

5

종과 머슴을 부리려면 먼저 배고프고 추운지부터 걱정하라.

凡使奴僕, 先念飢寒.

　노비도 사람이니 인간답게 대우하여야 한다. 남송의 대시인 양만리(楊萬里, 1127년~1206년)의 부인은 나씨(羅氏)이다. 부인은 70세에도 추운 겨울 새벽에 일어나 죽을 끓여 노비에게 먹인 뒤에야 나가서 일하게 하였다. 아들이 "날씨가 추운데 왜 이처럼 힘들게 사서 고생하세요?"라고 물으니, 부인은 "노비도 똑같은 사람이다. 새벽에는 공기가 차가워 춥다. 반드시 뱃속에 따뜻한 기운이 들어가야 일을 할 수 있다."라고 하였다.

불이 나지 않도록 때마다 예방하고
도적이 오지 않도록 밤마다 대비한다.

時時防火發, 夜夜備賊來.

　늘 재난에 대비하고 경계하여야 안녕을 해치지 않는다. 원나라 때 절서(浙西) 지역에 유행한 속담으로,『사림광기』「치가경어」와 공제의『지정직기』에 나온다.『지정직기』 권3에는 "불이 나지 않도록 해마다 예방하고, 도적이 오지 않도록 밤마다 예방한다.〔年年防火起, 夜夜防賊來.〕"를 절서 지역의 속담으로 소개하였다. 이어서 "그 지역이 지대가 낮고 호숫가에 도둑이 많아 항상 화재와 도둑의 우환이 있었다. 이 속담은 사람에게 경계를 잘하게 하여 우환이 없게 한다. 공부하는 사람이나 수신에 힘쓰는 사람도 마찬가지이다."라고 평하였다.

7

자식이 효도하면 양친이 즐겁고
가정이 화목하면 만사가 이루어진다.

子孝雙親樂, 家和萬事成.

자녀가 효도하면 부모는 항상 즐겁고, 가정이 화목하면 온 갖 일이 원만하게 잘 풀린다. "가정이 화목하면 만사가 이루어 진다."라는 "가화만사성"이 여기에서 나오는데, 특히 한국 가정 의 가훈으로 널리 쓰였다. 당시의 속담으로, 『형차기(荊釵記)』 등 많은 희곡에 나오고, 『사림광기』「치가경어」에도 실려 있다. 현대 중국에서는 비슷한 성어인 "가화만사흥(家和萬事興)"이 라는 말로 더 많이 쓰인다.

8

아침에 언제 일어나고 저녁에 언제 자는지를 보면 그 집안 이 흥성할지 쇠퇴할지 점칠 수 있다.
―『경행록』

『景行錄』云: 觀朝夕之早晏, 可以卜人家之興替.

자고 일어나는 일상의 작은 행동과 습관이 한 사람과 한 집 안의 흥망성쇠를 결정한다.

혼사를 맺으며 재물을 논하는 것은 오랑캐의 도이다.
―『문중자』

『文中子』曰: 婚娶而論財, 夷虜之道也.

전통 사회에서 혼인의 대원칙으로 삼은 격언이다. 혼사를 맺으며 상대방의 빈부를 따지는 것을 천박하게 여겼다. 『문중자(文中子)』는 『중설(中說)』로 줄여서 쓰기도 한다. 수나라 학자 왕통(王通, 584년~618년)이 지은 저술로 열 편으로 구성되었는데, 의심되는 내용이 많아 위서로 보기도 한다. 나중에 『소학』「가언」에 실려서 널리 알려졌다.

15

인륜의 기본

부부와 형제, 친구 등 밀접한 관계 사이에서 지켜야 할 기본 도리를 말한 격언을 모은 장이다. 부자나 형제처럼 혈연으로 맺어진 끈끈한 관계보다는, 의로 맺은 부부나 친구 등의 사랑과 우정에 초점을 맞췄다. 인륜에 대한 서민의 생각이 담긴 구전 격언이 흥미롭다. 현대적 의의가 있는 격언이다. 청주본 5개조 가운데 3개조를 뽑았다.

1

사람이 있고 난 뒤에야 부부가 있고, 부부가 있고 난 뒤에야 부자가 있으며, 부자가 있고 난 뒤에야 형제가 있다. 한 집안의 가족은 부부와 부자, 형제 세 가지뿐이다. 여기에서 시작하여 먼 친척까지 이 세 가지 관계에 뿌리를 두고 있다. 그래서 인륜에서 더욱 중요하게 여기니, 그 관계가 끈끈하지 않을 수 없다.

―『안씨가훈』「형제」

『顔氏家訓』曰: 夫有人民而後有夫婦, 有夫婦而後有父子, 有父子而後有兄弟. 一家之親, 此三者而已矣. 自兹以往, 至于九族, 皆本於三親焉. 故於人倫爲重者也, 不可不篤.

부부는 가정의 중심이다. 부부에게서 부자와 형제가 구성되고 나아가 인류 사회가 형성된다. 그렇기에 가정 운영의 핵심적 주체로서 부부가 모든 친인척 관계의 출발점임을 강조하였다. 박인로(朴仁老, 1561년~1642년)는 「오륜가(五倫歌)」에서 이 내용을 한 편의 시조로 표현하여 "부부가 있고 난 뒤에 부자와 형제가 생겼으니, 부부 곧 아니면 오륜이 있을쏘냐? 이 중에 인민이 비롯하니 부부 크다 하리로다."라고 읊어 부부의 중심적 지위를 노래하였다. 『치가절요』 상권의 「부부」에서도 앞 대목을 인용하여 부부가 서로 공경하여야 화목한 가정을 이룬다고 하였다. "중자(重者)"의 "자(者)"가 천계본에는 빠져 있다.

형제는 팔다리와 같고
부부는 의복과 같다.
의복이 해지면 새것으로 갈아입을 수 있으나
팔다리가 끊어지면 다시 잇기가 어렵다.
―『장자』

『莊子』云: 兄弟爲手足, 夫婦爲衣服. 衣服破時更得新,
手足斷時難可續.

　　형제는 피로 맺어진 혈연관계이고, 부부는 사랑으로 맺어
진 의리의 관계이다. 의복과 같은 부부도 가깝지만, 수족과 같
은 형제는 더 가까운 혈연이라는 말이다. 부부를 의복에 비유
한 말은 사유가 독특하고, 연원이 깊다. 둔황 변문의 하나인「신
편소아난공자(新編小兒難孔子)」는 공자가 항탁(項橐)이라는
일곱 살 천재와 문답하는 글이다. 공자가 항탁에게 부모와 형
제, 부부가 지친(至親)임을 아느냐고 묻자, 항탁이 부모와 형제
는 지친이나 부부는 지친이 아니라고 하며 "형제는 팔다리와
같고, 부부는 의복과 같습니다. 옷이 해져 다시 지으면 새 옷을
또 얻듯이, 아내가 죽어 다시 얻으면 친분을 또 얻습니다. 그러
나 형제는 다시 바꾸기가 어렵습니다.〔兄弟如手足, 妻如衣服. 衣
破再縫又得其新, 妻死再娶又得其親, 兄弟難以再換.〕"라고 대답하
였다. 『명심보감』에서는 항탁의 대답을 다듬어서 잠언으로 만

들었다. 현재 전하는 『장자』에는 나오지 않고 『신집』 408에 나
온다. 범입본의 『치가절요』 상권 「형제」 항목에서도 장자가 한
말로 인용하였다. 『삼국지연의』 15회에서도 유비가 장비(張飛)
와 관우(關羽)를 향해 옛사람의 말로 인용하여 의형제 사이의
의리를 강조하였고, 우리 국어사전에도 "형제위수족(兄弟爲手
足)"이 단어로 올라가 있을 만큼 형제와의 돈독한 관계를 표현
하는 말로 쓰였다.

———————————

3

부유하다고 가까이하지 않고 가난하다고 멀리하지 않으니
그렇게 하는 사람은 인간 세상의 대장부이다.
부유하면 다가서고 가난하면 멀리하니
그렇게 하는 사람은 인간 세상의 진짜 소인배이다.
— 소식

蘇東坡云: 富不親兮貧不疏, 此是人間大丈夫. 富則進兮
貧則退, 此是人間眞小輩.

빈부귀천을 따지며 사람을 대하는 세상에서 그런 기준은 아
랑곳하지 않고 사람을 공평하게 대한다면 인간 세상의 대장부
라 할 수 있다. 소식의 말로 출전을 밝혔으나, 그의 문집에는 나
오지 않고 『사림광기』 「결교경어」에 격언으로 실려 있다.

16

예절 생활

일상생활에서 지켜야 할 예절의 격언을 모은 장이다. 공자
와 맹자, 송대 유학자들의 어록에서 다수의 글을 뽑았다. 가정
과 사회에서 남들과 어울려 생활할 때 상대가 누구인지에 따
라 그에 적합한 예절이 있고, 그 예절을 지켜야 건강한 관계
가 유지된다. 남을 함부로 대하거나 제멋대로 행동하여서는
안 되고, 존중하는 자세를 가져야 한다. 관계와 예절을 중시한
유가의 사유가 짙게 나타난다. "남이 나를 존중하기를 바란다
면, 내가 남을 존중하는 자세보다 나은 것이 없다."라는 4조의
말처럼 상호 존중하는 태도는 서민의 사유에 뿌리를 둔 잠언
에서 잘 나타난다. 청주본 21개조 가운데 5개조를 뽑았다.

1

가정에 예절이 있기에 어른과 젊은이가 구별되고
집안에 예절이 있기에 친족이 화목하고
조정에 예절이 있기에 관직에 질서가 있고
사냥에 예절이 있기에 군사 일에 숙련되고
군대에 예절이 있기에 무공을 이룬다.
— 공자

子曰: 居家有禮, 故長幼辨; 閨門有禮, 故三族和; 朝廷有
禮, 故官爵序; 田獵有禮, 故戎事閑; 軍旅有禮, 故武功成.

예절은 특정한 사회에만 필요한 것이 아니라 크고 작은 사회
모두에 필요한 것이다. 예절은 질서를 부여하고 화합하게 하며,
그 목적을 이루게 한다. 『공자가어』 「논례(論禮)」에 나온다.

2

조정에서는 벼슬보다 나은 것이 없고
향촌에서는 나이보다 나은 것이 없으며
세상에 보탬이 되고 백성 위에 서는 데는 덕망보다 나은 것
이 없다.
— 맹자

孟子曰: 朝廷莫如爵, 鄕黨莫如齒, 輔世長民莫如德.

　집단에 따라 중시하는 가치와 예법이 다르다. 그러나 어느 집단에서든 덕망이 있으면 존중받는다. 더욱이 높은 지위에 올라 남의 존경을 받고자 한다면 덕망이 있어야 한다. 이 글은 경륜이나 능력보다 덕망을 더 중시하는 사고방식을 표현한다. 청주본과 천계본 등에는 증자의 말로 되어 있으나, 오류이므로 수정하였다. 『맹자』 「공손추 하(公孫丑下)」에 나오는 말이다.

―――――――

3

문밖을 나가서는 귀빈을 뵙듯이 조심하고
집안에 들어와서는 손님이 있듯이 삼가라.

出門如見賓, 入室如有人.

　집 안에서든 집 밖에서든, 사람이 있든 없든 변함없이 몸가짐을 반듯하게 하고 양심에 어긋나는 일을 하지 않아야 한다. 『사림광기』 「처기경어」에도 나오는 격언인데, 글자가 조금 바뀌었다. 『논어』 「안연」과 『예기』 「소의(少議)」에 나오는 구절을 합하여 만든 격언이다. "빈(賓)"이 청주본과 중간본, 천계본 등에는 "대빈(大賓)"으로 되어 있는데, 흑구본을 따라 수정하였다.

4

남이 나를 존중하기를 바란다면
내가 남을 존중하는 것보다 나은 것이 없다.

若要人重我, 無過我重人.

　남에게 존중받기를 바란다면 먼저 남을 존중하라. 한쪽만 차리는 예의나 존중은 오래갈 수 없다. 아리스토텔레스도 "친구들이 나에게 행동하기를 바라는 대로 친구에게 행동해야 한다."라고 했고, 「마태복음」 7장 12절에서는 "남에게 대접받고자 하는 대로 너도 남을 대접하라."라고 훈계하였다. 19세기 영국의 소설가 찰스 디킨스(Charles Dickens, 1812년~1870년)는 『어려운 시절(Hard Times)』에서 「마태복음」의 격언을 사람 사이의 규칙을 넘은, 정치경제학의 제1원리라고 하였다. 상호 존중의 도덕률은 처지를 바꿔 생각하는 상상력에서 나온다.

5

부모는 자식의 잘난 점을 말하지 않고
자식은 부모의 잘못된 점을 말하지 않는다.

父不言子之德, 子不談父之過.

고슴도치도 제 새끼 함함하다고 한다는 속담처럼 부모는 자식을 자랑하는 경향이 있는데, 자식은 나이가 들면서 부모의 허물이 눈에 들어오고 불평하기 시작한다. 부모와 자식 사이의 잘잘못을 남에게 말하면 이맛살을 찌푸리게 만든다.

17

존신편 存信篇
신의의 준수

　　인간관계에서 중요한 신의의 격언을 모은 장이다. 신의에 관한 말은 『명심보감』의 여러 장에 흩어져 나온다. 군신 사이와 친구 사이에도 신의가 인간관계를 맺고 유지하는 중요한 덕목이고, 혈연으로 맺어진 부모 자식 사이와 형제 사이에도 신의가 있어야 가정의 화목을 이룰 수 있다. 신의가 있고 없음은 말에서 확인되므로, 인간관계를 지속하는 데 약속의 실천이 중요함을 강조하였다. 청주본에는 7개조의 단출한 기사로 구성되었다. 천계본에서는 이 장의 격언을 1개조도 뽑지 않았으나, 이 책에서는 2개조를 뽑았다.

———————

1

군자는 말 한마디면 되고
말은 채찍질 한 번이면 된다.

君子一言, 跨馬一鞭.

    한마디 말로 결정하고 나면 번복하지 않는다는 뜻으로, 말에 신뢰가 있어야 한다는 취지이다. 『경덕전등록』 권6에서 남원도명(南源道明) 선사가 "빠른 말은 채찍질 한 번이면 되고, 통쾌한 사람은 말 한마디면 된다.(快馬一鞭, 快人一言.)"라고 한 데서 나왔다. 뒤에는 이 격언이 널리 쓰였다. 『박통사언해』에도 옛사람의 말로 나온다. 원문의 "과(跨)"는 "쾌(快)"로 많이 쓴다.

———————

2

한번 뱉은 말은 네 필 말로도 따라잡기가 어렵다.

一言旣出, 駟馬難追.

    고대 로마의 시인 호라티우스(Horatius, 기원전 65년~기원전 8년)는 『서간시(Epistulae)』에서 "한번 내뱉은 말은 날아가서 다시는 돌아오지 않는다."라고 하였다. 한번 뱉은 말은 되돌이킬 수 없으므로 말조심하여야 한다. "네 마리 말이 끄는 수레도 혀보다 빠르지는 않다."라는 『논어』 「안연」의 "사불급설(駟不及舌)"에서 나온 말로, 나중에는 속담으로 널리 썼다.

18

말의 품격

　　말을 신중하고 품격 있게 하라고 당부한 격언을 모은 장이다. 말을 잘못하면 재앙을 일으키기도 하고, 남의 심장에 비수처럼 꽂혀 관계를 파탄 내기도 한다. 그래서 화려한 언변보다 과묵한 침묵이 더 낫다고 여긴다. 반면에 좋은 말은 남의 기분을 돋우거나 큰 도움을 주기도 하고, 나라를 흥성하게도 한다. 말이 지닌 힘과 해독을 두루 논한 여러 잠언은 시대를 넘어 현대에도 보편적 가치를 지닌다. 청주본 25개조 가운데 7개조를 뽑았다.

말이 이치에 맞지 않으면 차라리 말하지 않는 것이 낫다.
— 유회

劉會曰: 言不中理, 不如不言.

　이치에 맞지 않는 말은 품격을 떨어뜨리고 신뢰를 해친다. 병에 맞지 않은 약을 먹으면 몸이 낫기는커녕 나쁜 작용을 일으키듯이, 자신에게 이롭기는커녕 큰 손해를 끼친다.『진언요결』권1에 "약이 병에 맞지 않으면 먹지 않는 것이 낫고, 말이 이치에 맞지 않으면 차라리 말하지 않는 것이 낫다. 약이 병에 맞지 않으면 도리어 목숨을 해치고, 말이 이치에 맞지 않으면 도리어 자신을 해친다.〔藥不當病, 不及不服; 言不中理, 不及不言. 藥不當病, 反傷其命; 言不中理, 反害其身.〕"로 나오는 격언을 핵심만 추려 채록하였다.『문사교림』206에서는 조평(趙平)의 말로 인용하였고,『신집』287과 288에서는『진언요결』에서 인용하였다.『명심보감』에서 유회(劉會)의 말로 인용한 것은 오류이다.

2

한마디 말이 이치에 맞지 않으면
천 마디 말을 해도 아무 쓸모 없다.

一言不中,　千語無用.

사실에 맞는 말과 이치에 들어맞는 말, 남들이 듣고자 하는 말이어야 말의 값어치가 있고, 신뢰를 얻는다. 그렇지 않으면 백 마디, 천 마디 구구절절 늘어놓아도 쓸모가 없다.

———

3

입과 혀는 환난을 일으키는 문이자 신세를 망치는 도끼이다.
— 엄군평

君平曰:　口舌者,　禍患之門,　滅身之斧也.

엄군평(嚴君平)의 「좌우명」에서 인용한 격언이다. 말은 때때로 치명적인 결과를 가져온다. 어찌 보면 작은 입은 환난이 들어오는 문처럼 보이고, 혀는 한 인간을 베어 버리는 도끼처럼 생겼다. 엄군평은 "말이 잘못 나가면 환난을 불러들이고, 말을 실수하면 몸을 망친다.〔出失則患入, 言失則亡身.〕"라고도 하였다. 그러니 말하기 전에는 깊이 생각하고, 말하고 나서는 잘못하지 않았는지 돌이켜 보아야 한다. 엄군평은 전한 때 촉군(蜀郡) 성도(成都) 사람으로, 시장에서 점을 치며 생활한 도사였다. 『신집』160에 나온다.

4

남을 이롭게 하는 말은 솜처럼 따뜻하나
남을 해치는 말은 가시처럼 날카롭다.
한마디 반 구절이 천금만큼 무겁기도 하지만
사람을 해치는 한마디 말은 칼로 벤 듯 아프다.

利人之言, 暖如綿絲; 傷人之語, 利如荊棘. 一言半句, 重直千金; 一語傷人, 痛如刀割.

아랍 속담에 "말로 난 상처는 칼로 난 상처보다 위험하다."라고 하였고, 베트남 속담에 "검은 양날을 갖고 있으나, 혀는 백 개의 날을 갖고 있다."라고 하였다. 그처럼 말은 때때로 날카로운 비수가 되어 큰 상처를 남긴다. 『신집』250에 나온다.

5

입은 사람을 해치는 도끼이고
말은 혀를 베어 내는 칼이다.
입을 다물어 혀를 깊이 숨겨 두면
어디서나 안전하게 몸을 지켜 준다.

口是傷人斧, 言是割舌刀. 閉口深藏舌, 安身處處牢.

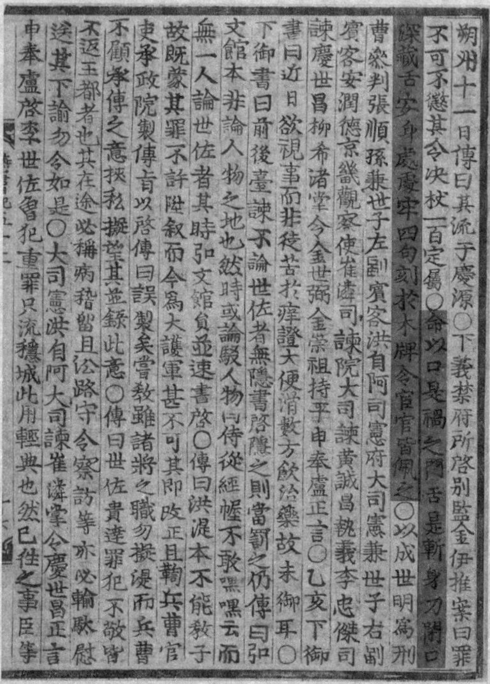

朔州十一日傳曰其流于慶源○下義禁府所啓別監金伊推案曰罪
不可不懲其令決杖一百定屬○命以口是禍之門舌是斬身刀閉口
深藏舌安身處處牢四句刻於木牌令宦官皆佩之○以成世明爲刑
曹參判張順孫兼世子左副賓客洪自阿司憲府大司憲兼世子右副
賓客安潤德京畿觀察使崔瀣司諫院大司諫黃誠昌執義李忠傑司
諫慶世昌柳希渚掌令金世弼金崇祖持平申奉盧正言○乙亥下御
書曰近日欲視事而非徒苦於痒證大便滑數方飮治藥故未御耳○
下御書曰前後臺諫不論世佐者無隱書啓隱之則當罰之仍傳曰弘
文館本非論人物之地也然時或論駁人物且侍從經幄不敢嘿嘿云而
無一人論世佐者其時弘文館員並速書啓○傳曰洪湜本不能敎子
故旣蒙其罪不許附敍而今爲大護軍甚不可其卽改正且鞫兵曹官
吏承政院製傳旨以啓傳曰誤製矣嘗敎雖諸將之職勿擬濫而兵曹
不顧承傳之意挾私擬望其並錄此意○傳曰世佐貴達罪犯不敬皆
不返王都者也其在途必稱病稽留且沿路守令察訪等亦必輸款慰
送其下諭勿令如是○大司憲洪自阿大司諫崔瀣掌令慶世昌正言
申奉盧啓李世佐曾犯重罪只流穩城此用輕典也然已往之事臣等

조선왕조실록의 『연산군일기』 연산군 10년(1504년) 3월 13일 자 기사. 왕명으로 나무패에 풍도의 시를 새겨서 환관들이 모두 차게 하였다. 다음 해인 연산군 11년 1월 29일에는 조정 관리들도 같은 패를 차게 하였다.

오대십국 시대의 정치가 풍도(馮道, 882년~954년)가 지은 「혀(舌)」라는 시이다. 풍도는 처세를 잘하여 열 명의 군주를 섬기며 20여 년 동안 재상 자리를 지켰다. 처세의 달인으로서 말의 위험함과 침묵의 효과를 잘 표현하였다. 『사문유취』 후집 권19에 실려 널리 알려졌는데, 연산군은 말을 삼가라는 신언패(愼言牌)에 이 시를 써서 환관의 허리에 차게 하였다.

———————

6

사람을 만나서는 열에 셋 정도만 말하고
속마음을 모조리 털어놓지는 말아라.
호랑이 새끼 세 마리는 겁나지 않아도
두 가지 마음 품은 인정은 두렵기만 하다.

逢人且說三分話, 未可全抛一片心. 不怕虎生三箇口, 只恐人情兩樣心.

남에게 속마음을 다 드러내지 말라는 말이다. 중요한 사실을 흐리게 말하거나 넌지시 돌려 말하여 명확하게 생각을 밝히지 않는다. 뒤통수 맞지 않으려면 속마음을 함부로 털어놓지 말라는 경계인데, 중국인의 사고방식을 잘 표현한다. 앞의 두 구절은 『속전등록(續傳燈錄)』에 나오는 속담이다. 다만 이런 태도에는 비판이 따랐다. 주희는 『주자어류』 권21에서 당시의 속담으로 소개하면서 진정성이 없는 마음 씀씀이라고 비판하였다. 3구는 "호랑이가 새끼 세 마리를 낳으면 그중에는 반드시 센 범이 들어 있다.〔虎生三子, 必有一彪.〕"라는 속담에서 나온 표현으로, 무서운 존재를 뜻한다.

———

7

나를 알아주는 사람을 만나면 술 천 잔도 적으나
뜻에 맞지 않는 사람과는 말 한마디도 많다.

酒逢知己千鍾少, 話不投機一句多.

　마음이 통하고 나를 인정해 주는 사람과는 천 잔을 마셔도 술이 부족하고, 뜻이 맞지 않는 사람과는 말 한마디 나누는 시간도 아깝다. 뜻이 맞아야 술을 마셔도, 말을 나눠도 즐겁다. 원나라 때에 널리 유행한 속담으로, 양섬(楊暹)의 희곡 『서유기(西遊記)』 등에 나온다.

19

교우편 交友篇
친구 사귐

친구와 사귀는 주제의 격언을 모은 장이다. 좋은 사람과는 친구로 사귀고 나쁜 사람과는 친구로 사귀지 말라는 충고를 담고 있다. 사람은 많아도 마음을 터놓고 지낼 만한 친구는 많지 않은, 사람의 진심을 알기가 어렵고 친구를 잘 사귀기가 어려운 인정세태를 표현하였다. 생생한 체험에서 건져 올려 오랜 세대에 걸쳐 구전된 격언에는 음미할 만한 좋은 내용이 많다. 청주본 24개조 가운데 8개조를 뽑았다.

1

선량한 사람과 함께 지내는 것은 지초와 난초가 있는 방 안
에 들어간 것과 같아서 오래 지나면 향기를 맡지 못하니, 그
향기에 젖었기 때문이다. 선량하지 못한 사람과 함께 지내면
절인 생선 가게에 들어간 것과 같아서 오래 지나면 악취를 맡
지 못하니, 그 악취에 젖었기 때문이다. 붉은 단사(丹砂)를 갈
무리한 곳은 붉어지고, 검은 옻을 갈무리한 곳은 검어진다. 그
렇기에 군자는 어울려 지낼 사람을 신중히 가려야 한다.
— 공자

子曰: 與善人居, 如入芝蘭之室, 久而不聞其香, 卽與之化
矣. 與不善人居, 如入鮑魚之肆, 久而不聞其臭, 亦與之化
矣. 丹之所藏者赤, 漆之所藏者黑. 是以君子必愼其所與處
者焉.

『공자가어』「육본」에 나오는 격언이다. 선량한 사람은 가까이
하고 나쁜 사람은 멀리하여야 한다. 어울리는 사람에게 큰 영
향을 받기 때문이다. 선량한 사람과 어울리면 그 향기에 젖어
자기도 선량해지고, 나쁜 사람과 어울리면 그 악취에 젖어 자
기도 나빠진다.『치가절요』상권「처린(處隣)」에서는 이웃을
잘 선택하여 살 것을 권유하는 금언으로 인용하였다.

좋은 사람과 함께 가면 안개 속을 가는 것과 같아서 옷은 젖지 않아도 때때로 그 물기에 젖는다. 식견이 없는 사람과 함께 가면 측간에 앉은 것과 같아서 옷은 더러워지지 않아도 때때로 그 악취를 맡는다. 나쁜 사람과 함께 가면 칼과 검의 숲을 지나는 것과 같아서 사람을 다치게 하지는 않아도 때때로 깜짝 놀라고 두렵다.

—『가어』

『家語』云: 與好人同行, 如霧露中行, 雖不濕衣, 時時有潤. 與無識人同行, 如廁中坐, 雖不惡衣, 時時聞臭. 與惡人同行, 如刀劍中, 雖不傷人, 時時驚恐.

동행하는 사람이 누구인지에 따라 내가 받는 영향이 크게 다르다. 좋은 사람과 가면 안개 속을 걷듯이 그의 물기에 젖고, 식견이 없는 사람과 가면 측간의 악취 냄새를 맡아야 하며, 나쁜 사람과 가면 공포에 떨어야 한다. 인생길에 동행할 사람을 잘 골라야 하는 이유이다. 첫 문장은 승려 대혜종고(大慧宗杲, 1089년~1163년)의 「강급사에 답하다〔答江給事〕」 등 선승의 글에 자주 나온다. "나쁜 사람과 함께 가면〔與惡人同行,〕" 이후의 문장이 천계본에는 빠져 있다.

3

알고 지내는 사람이 천하에 가득하지만
내 마음 알아줄 사람은 몇이나 있을까?

相識滿天下, 知心能幾人?

　사람은 많아도 아는 사람은 많지 않고, 아는 사람은 많아도
마음을 터놓고 대화하는 친구는 많지 않다. 주위를 둘러봐도
내 마음을 알아주고 나를 응원해 줄 진정한 친구가 없다. 당나
라 이래의 속담으로, 『종경록(宗鏡錄)』 등 선어록집과 희곡에
서 즐겨 썼다.

4

나무를 심더라도 수양버들은 심지 말고
친구를 사귀어도 경박한 사람은 사귀지 말라.

種樹莫種垂楊枝, 結交莫結輕薄兒.

　사람이 경박해 바람에 휘청거리는 버드나무 같다면 그런 사
람과는 친구가 되지 말라. 원나라 시인 대표원(戴表元, 1244년~
1310년)이 지은 「어제의 노래[昨日行]」의 첫 구절이다. 『원시선(元

詩選)』에 실린 이 시의 뒷부분은 "버들가지가 불어 대는 가을바
람 견디지 못하듯, 경박한 친구는 쉽게 사귀고 쉽게 헤어지네. 그
대는 보지 못했는가? 어제 온 편지에서 그리움을 말하더니, 오늘
만나서는 알아보지 못하는 것을. 그래도 버드나무는 오래도록
버티나니, 봄바람 불 때마다 머리 돌려 바라보네.〔楊枝不耐秋風
吹, 薄交易結還易離. 君不見昨日書來兩相憶, 今日相逢不相識. 不如
楊柳猶可久, 一度春風一回首.〕"이다. 천계본에는 수록되지 않았으
나, 추가하였다.

<hr>

5

술 마시고 밥 먹을 때는 형제가 천 명이더니
위급하고 어려울 때는 친구 한 명 없더라.

酒食弟兄千箇有, 急難之朋一箇無.

　술 사 주고 밥 사 줄 때에는 호형호제하는 친구가 천 명이
나 있었으나, 막상 위급하고 어려운 처지에 맞닥뜨리니 친구
한 명 나타나지 않는다. 고대 로마의 시인 호라티우스는 『송시
(Carmina)』에서 "술독이 바닥나면 친구들도 뿔뿔이 흩어진다."
라고 하였다.

6

열매를 맺지 않는 꽃은 심지 말고
의리가 없는 친구는 사귀지 말라.

不結子花休要種, 無義之朋不可交.

　모란이나 국화는 아름답기는 하나 열매가 없고, 연꽃이나
매화는 아름답기도 하고 열매를 맺기도 한다. 겉모습만 아름다
운 꽃이 아니라 실속까지 있다. 꽃을 심어도 열매를 맺는 꽃을
심듯이, 친구를 사귀어도 의로운 친구를 사귀어야 한다.

7

군자의 사귐은 맹물처럼 담박하고
소인의 사귐은 단술처럼 달콤하다.

君子之交淡如水, 小人之交甘若醴.

　『장자』「산목(山木)」에 나오는 말로, 『예기』「표기(表記)」 등
에도 비슷한 말이 있다. 그 책에서는 군자는 담박한 사귐이라
서 사이가 더 친밀하고, 소인은 달콤한 사귐이라서 나중에는
관계가 끊어진다고 덧붙여 설명하였다. 담박하여 이성적이고

차분한 친구보다는 달콤하여 감성적이고 흥이 있는 친구가 더
재미있어 가깝게 지낸다. 다만 간이고 쓸개고 다 빼 줄 만큼 가
까워지다가도 빨리 식어 버리기 쉽다.

———

8

길이 멀어야 말(馬)의 힘을 알고
세월이 오래되어야 사람의 마음이 보인다.

路遙知馬力, 日久見人心.

　말의 힘이 좋은지는 먼 길을 달려 봐야 알 수 있듯이, 사람
의 속마음이 어떤지는 오랜 세월 겪어 봐야 알 수 있다. 짧은
시간 잠깐 겪은 것만으로 사람의 속내와 됨됨이를 속단해서는
안 된다. 아리스토텔레스는 『윤리학』에서 "많은 소금을 같이 먹
은 뒤에야 비로소 친구임을 알게 된다."라고 하였다. 소금 한 가
마니를 나눠 먹을 만큼 많은 시간을 함께 보내지 않으면 서로
를 제대로 알기가 어렵기 때문이다. 『고존숙어록』 권40과 『사림
광기』 「결교경어」 등에 실린 속담인데, "세월(日)"이 "일(事)"로
쓰이기도 한다.

20

부행편 婦行篇

부인의 행실

가정과 사회에서 여성의 일과 생활 규범을 제시한 장이다. 『소학』과 『열녀전(列女傳)』 등 전통적이고 모범적인 여성 윤리를 설명한 책에서 격언을 뽑았다. 봉건적 여성관에 따라 여성의 처신을 제시한 부분은 남존여비의 낡은 관념이 짙게 드리워서 현대의 윤리와는 잘 맞지 않는다. 다만 『태공가교』에서 인용한 격언은 가정 안에서 여성의 큰 역할과 영향력을 제시하여 조금 다른 시각이 보인다. 청주본 8개조 가운데 3개조를 뽑았다.

———————

1

현명한 부인은 남편을 귀하게 만들고
고약한 부인은 남편을 천하게 만든다.

賢婦令夫貴, 惡婦令夫賤.

　　명나라 초기의 유학자 조단이 1408년에 완성한 격언집 『야행촉』에서는 이 말을 『태공가교』에서 인용하고 있다. 내용이 조금 길지만 다음과 같이 인용한다. "나라를 잘 다스리려면 아첨하는 신하를 기용하지 않고, 집안을 잘 다스리려면 알랑거리는 부인을 얻지 않는다. 훌륭한 신하는 한 나라의 보배이고, 훌륭한 부인은 한 집안의 보배이다.(청주본 11장 121조) 남을 헐뜯는 신하는 나라를 어지럽히고, 투기하는 부인은 집안을 어지럽힌다.(청주본 11장 122조) 현명한 부인은 친척들과 화목하고, 알랑거리는 부인은 친척 사이를 벌린다.(20장 3조) 집안에 현명한 아내가 있으면 남편이 횡액을 당하지 않는다.(20장 2조) 멍청한 남자는 부인을 두려워하고, 슬기로운 여자는 남편을 존중한다.(14장 3조) 현명한 부인은 남편을 귀하게 만들고, 고약한 부인은 남편을 천하게 만든다.(20장 1조)〔太公曰: 治國不用佞臣, 治家不用佞婦. 好臣是一國之寶, 好婦是一家之珍. 讒臣亂國, 妬婦亂家. 賢婦和六親, 佞婦破六親. 家有賢妻, 夫不遭橫禍. 癡人畏婦, 賢女敬夫. 賢婦令夫貴, 惡婦令夫賤.〕" 『태공가교』에서 인용한 앞 내용은 『명심보감』 세 개의 장에 6개조로 나뉘어 모두 실려 있다. 번역문 문장 끝에 넣은 괄호 안에 해당 조를 표기하였다. 20장에 수록된 3개조는 모두 『태공가교』에서 인용한 격언이다. 한 나라에서의 신하 역할과 한 가정에서의 부인 역할을 비교하여 부인의 역할이 매우 중요하다고 보았다. 또한 가정에서 부인과 남편의 상호 영향 관계를 살피고, 현명한 부인과 고약한 부인의 차이를 서로 비교하여 부인의 역할을 중시하였다.

———

2

집안에 현명한 아내가 있으면 남편이 횡액을 당하지 않는다.

家有賢妻, 夫不遭橫禍.

아내가 현명하면 훌륭하게 내조하여 사회생활을 하는 남편이 큰일을 겪지 않도록 만든다. 아내의 선한 영향력을 칭송하였다. 『태공가교』에 실린 격언으로, 원나라 때 널리 쓰여서 『분아귀(盆兒鬼)』나 『살구기』 같은 여러 희곡에 등장한다.

———

3

현명한 부인은 친척들과 화목하고
알랑거리는 부인은 친척 사이를 벌린다.

賢婦和六親, 佞婦破六親.

　　당나라 때부터 널리 쓰인 성어이다. 『태공가교』에 나오는 말로, 둔황 사본 『항마변문(降魔變文)』에서는 "아첨하는 신하는 여섯 나라를 부수고, 알랑거리는 부인은 친척 사이를 싸우게 만든다.〔佞臣破六國, 佞婦鬪六親.〕"라고 하였다.

한국 독자가 400년 넘도록 애독한
처세 철학의 명저

『명심보감』은 격언집이자 잠언집이다. 책명은 마음을 밝히는 보석 거울이라는 뜻으로, 세상과 인간을 명확히 이해하여 지혜롭게 살도록 안내하는 책이다. 장구한 역사와 거대한 인구 기반 위에 형성된 중국인의 처세관과 처신술이 담겨 있다. 그들의 윤리와 도덕, 생활철학 및 독특한 사고방식과 심리를 예리하게 포착하였다. 동아시아 사람이 오래도록 공감해 온 공동의 자산이자 처세 철학의 보물창고이다.

630여 년 전인 1393년에 무명의 한 지식인이 편찬한 이 책은 종으로는 당시부터 지금까지 독자에게 줄곧 사랑을 받고 있고, 횡으로는 가까운 동아시아 여러 나라에서 시작해 먼 서양에서까지 원문과 번역문으로 널리 읽혔다. 한국은 특별히 『명심보감』과 인연이 깊다. 가장 오래된 판본을 출간하여 현재까지 보존한 데다, 조선 중기 이후에서 해방 이전까지 수십 종의 책이 출간되었다. 지금도 200종 이상의 단행본이 서점에 서 판매될 만큼 독자들이 수백 년 동안 변함없이 애독하고 있 고 현재도 가장 좋아하는 잠언집의 하나이다.

1 이름을 인정받지 못한 저자 범입본

『명심보감』의 편찬자는 원나라 말엽과 명나라 초엽의 사람 인 범입본이다. 저자에 관해서는 남겨진 기록물이 거의 없다. 저자가 살았던 당대부터 최근까지 여러 나라에서 수많은『명 심보감』이 간행되었는데 대부분 저자를 밝히지 않았고, 한국 에서는 엉뚱한 사람을 저자로 오해하기도 하였다.『명심보감』 은 무명작가의 설움을 간직한 명저이다.

하지만 저자의 존재는 조선에서 간행된 그의 저술 2종에 명확하게 등장한다. 1454년에 청주에서 간행된『명심보감』과 1431년에 밀양에서 간행된『치가절요』에서 확인할 수 있다. 그의 자(字)는 종도(從道)이고, 지금의 저장성 항저우(杭州)인 무림(武林) 출신이다. 생몰 연대는 알 수 없다.『명심보감』의 서문에 해당하는 자서(自序)를 1393년 2월 16일에 썼다. 명나 라가 건국된 지 26년째 되는 해이고, 조선이 건국한 다음 해 이다.

주목할 점은 범입본의 또 다른 저술인『치가절요』가 국내 에서 간행된 사실이다. 중국에는 존재조차 알려지지 않은 귀

중한 책이다. 두 편의 서문에는 저자와 그의 저술에 관한 중요
한 정보가 실려 있는데, 다음에 그 일부를 인용한다.

무림의 범종도(范從道) 씨는 학식이 뛰어나고 재주가 풍부
하며, 몸을 닦고 처신을 조심하면서 덕을 숨겨 세상에 빛을 드
러내지 않은 채 홀로 저술하기를 즐겼다. 일찍이 아름다운 말
씀과 착한 행동을 수집하여 『명심보감』을 엮고서 그 책을 목판
에 새겼다.
— 글쓴이 미상, 『치가절요』 「서(序)」

내가 아득히 먼 시대의 서적을 보니 글의 이치가 깊고 오묘
하여 현명하고 통달한 사람이 아니면 그 맛을 제대로 음미하지
못했다. 근래에 무림의 범종도 씨가 『명심보감집(明心寶鑑集)』
을 엮었는데, 그 책에는 많은 문헌에서 전해 오는 기록과 세상
에 통용되는 일상어와 속담을 폭넓게 채록하였다. 사람들이 모
두 쉽게 깨우치고 쉽게 실천하는 데 목적을 두었기에 아무리
아둔한 사람이라도 전해 듣거나 읽고 외운다면 누구나 가슴속
에서 감동하여 부랴부랴 인의(仁義)의 세계로 흔쾌히 가고자
하였다. 그래서 이 모음집이 세상에 성대하게 유행한 지가 오래
되었다. 그러나 물정을 모르는 선비들은 이 책을 보고 유익하다
고 평가하기는커녕 단지 얕은 지식을 얻는 소재로 여기고 "이
책은 일 꾸미기를 좋아하고 명성을 얻고자 하는 자나 할 짓이
다."라고 빈정거린다. 이익을 보지 못한 이는 그렇게 말할 수 있
으나, 이 모음집에는 성현의 아름다운 말씀과 옛사람의 착한

행동을 모두 모았으므로 그렇게 말할 수 없다고 나만은 홀로 생각하였다.

— 주민(朱敏), 『치가절요』「후서(後序)」

『치가절요』의 두 서문에서는 범입본이 『명심보감』을 간행한 사실을 분명하게 밝혔다. 범입본을 학식이 뛰어나고 재주가 많으나 세상에는 알려지지 않은 무명의 지식인이라고 소개하였다. 『명심보감』에서 저자가 삭제되고, 『치가절요』가 종적을 감춘 까닭이다. 그러나 저자의 명성과는 상관없이 『명심보감』이 세상에 나오자마자 "세상에 성대하게 유행한 지가 오래되었다."라고 할 만큼 독자에게서 환영을 받았다. 주류 학자들은 거꾸로 통속적이라고 반감을 드러내고 무시했다.

저자는 『명심보감』의 성공에 자신감을 얻고서 10여 년 뒤에 『치가절요』를 편찬하였다. 집안 가장의 관점에서 가정의 운영, 자녀의 교육, 생업과 의식주 활동, 이웃 관계와 친척 관계, 질병과 소송 등 일상생활에서 겪는 일흔두 개 주제의 문제에 대응하는 원칙과 요령을 평이하게 조곤조곤 설명하였다. 흥미롭게도 절반 정도의 항목에서 『명심보감』에 실린 격언을 인용하여 설명하였다.

이처럼 두 책은 서로 깊이 연관되어 있다. 『명심보감』은 가정과 사회에서 잘 처신하기 위한 격언을 모은 가정 보감이고, 『치가절요』는 그 처신의 방법을 수십 가지 실제 생활에 적용해 설명한 실용서이다. 『명심보감』은 사회 모든 계층에게 올바른 생활 규범을 제시한 실용적 교양서이다.

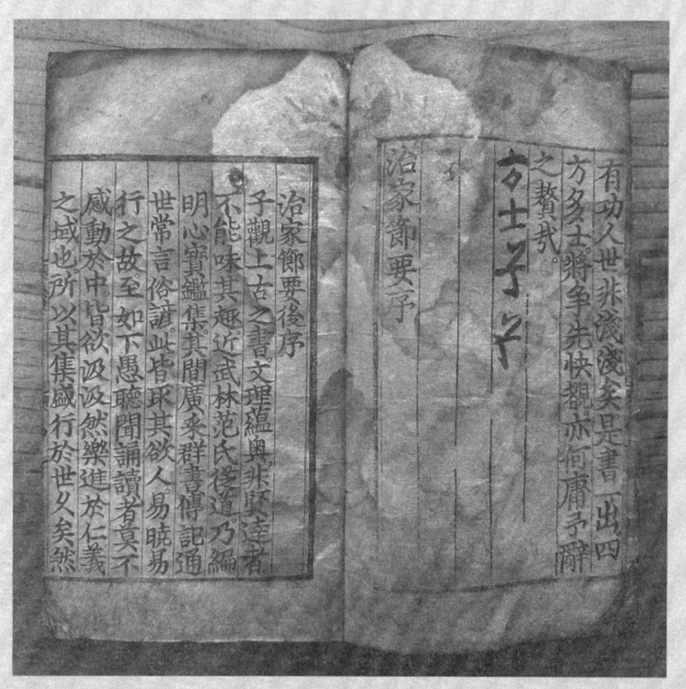

범입본의 『치가절요』 목판본. 고려대학교 중앙도서관 소장. 1406년에 명나라 숭천(崇川)에서 간행된 목판본을 1431년에 경상도 밀양에서 복각(覆刻)하였다. 숭천은 당시 상업 출판의 거점인 복건성 건양현 숭화이다. 사진은 『치가절요』의 「서」 끝부분과 「후서」 앞부분이다.

2 격언과 잠언을 초록한 편집서

범입본은 안목이 뛰어난 편집자로서 새로 건국한 명나라의 신흥하는 분위기에 맞춰 일상생활에 쓸모 있는 격언집과 실용서를 편찬하였다. 그의 저서 2종은 지식의 계보를 따져 분류해 편집한 유서(類書)에 속한다.

『명심보감』 원본은 상권 10장 373조, 하권 10장 401조로 총 2권 20장 774조의 격언을 수록하였다. 수집한 대상은 『치가절요』 「후서」에서 말한 것처럼 "많은 문헌에서 전해 오는 기록"과 "세상에 통용되는 일상어와 속담" 두 가지이다. 즉 각종 문헌에 실린 격언이 한 부류이고, 구전되는 속담이 한 부류이다. 저자는 편집자의 안목으로 많은 문헌과 구전되는 정보를 요령 있게 편집하여 새 지식과 새 독자를 창출하였다.

먼저 각종 문헌에서 격언을 수집하였다. 그 문헌은 대략 네 가지로 나누어진다.

첫 번째, 유학 문헌을 중심으로 도교 문헌과 불교 문헌에서 초록하였다. 『논어』, 『맹자』, 『순자』 등 유학의 고전과 『노자』, 『소서』, 『장자』 등 도교 문헌에 더해 선승들의 어록집 등에서 격언을 초록하였다. 그중 『노자』와 『장자』는 현존하는 『노자』와 『장자』와는 같지 않다. 저자는 유학자를 자처하여 유학 문헌의 비중이 크다.

두 번째, 『태공가교』와 『신집문사구경초』, 『문사교림』과 같은 당나라 시대의 통속적 아동교육서에서 초록하였다. "태공왈(太公曰)"로 출전을 밝힌 것은 모두 『태공가교』에서 인용한 것이다. 『태공가교』는 당나라 중엽에 만들어진 통속적 아동교육서이다. 인정세태와 교훈을 알기 쉽게 표현하였는데, 원나라 때까지 민간에서 아동에게 문장과 윤리를 가르치는 교재로 광범위하게 활용되다가 명대 이후로 사라졌다. 『신집문사구경초』와 『문사교림』, 『잡초』 등도 비슷한 성격의 저술이다. 둔황에서 대거 발굴된 이 책들은 이전의 다양한 문헌에서 경구(警句)를 뽑아 편집하였다.

세 번째, 『경행록』과 『사림광기』 등 여러 격언집과 잠언집에서 초록하였다. 『경행록』은 원나라의 문신 사필이 『태공가교』나 『성심잡언』 등의 문헌에서 격언을 뽑아 만든 잠언집이다. 북송의 학자 이방헌의 『성심잡언』에서 뽑은 글이 특별히 많다. 『성심잡언』은 유학 사상에 뿌리를 둔, 처세와 처신을 위한 잠언집이다. 출전을 『경행록』으로 밝힌 것은 대부분 『성심잡언』에 수록된 것이다.

『사림광기』는 남송 말기의 진원정(陳元靚)이 편찬하고 원대에 증보된 유서로서, 당시 시정 사회의 상식을 편집하였다. 권9에는 알아 두면 좋을 격언을 「존심경어」에서 「통용경어」까지 열한 가지 주제로 편집해 초록하였다. 이 책에 실린 격언과 많이 겹친다.

네 번째, 유학자와 선승의 격언을 초록하였다. 당송대의 성리학자와 문인, 승려의 어록이 다수 수록되었다. 저자는 성리학과 선(禪)을 충실히 이해하였고, 이를 일상생활에 쓸모 있는 상식적인 잠언으로 활용하였다.

이상 네 가지 성격의 문헌에서 성현과 지식인의 어록을 정선하였다. 유학의 비중이 크기는 하나, 불교와 도교 및 기타 다양한 사상가와 지식인의 어록을 치우침 없이 뽑았다. 대체로 지식수준이 높은 이들의 정제된 언어로 표현된 격언이다. 『명심보감』은 격언과 잠언의 알짜를 뽑았다는 점에서 높은 평가를 받았다. "선배들이 이미 잘 알고 있는, 통속적인 여러 책"을 대상으로 뽑되 "긴요한 말과 자애롭고 존귀한 분의 후학을 가르치는 착한 말"을 주로 선택하였다. 이해하기가 어려운 책보다는 쉽게 구할 수 있는 통속적인 책에서 현자의 어록을 뽑았다는 말이다. 실제로 처신과 처세에 보탬이 될 만한 쉬운 어록이 대부분이다. 그렇게 뽑은 어록을 책의 성격과 자신의 안목에 맞게 시적인 언어로 다듬어 표현함으로써 문학적 향기가 풍기는 아름다운 잠언집으로 재탄생하였다.

3 민중의 속담을 채록한 속담집

『명심보감』이 수집한 두 번째 부류의 격언은 구전 속담이다. 명나라 만력제(萬曆帝, 재위 1572년~1620년)는 "거짓되고 잘못된 글이나 상스럽고 잡스러운 말"이 많으니 『명심보감』을 개정해 출간하라고 명령하였다. 민중의 지혜를 담은 구전 속담이 많은 것을 결함으로 여겼다. 실제로 『명심보감』에는 통속적 속담의 비중이 크다. 이 책의 진정한 가치는 중국 사람의 보편적 사고방식과 처신의 지혜를 간결하고 명료하게 제시한 속담을 많이 수록한 데 있다. 명대에 상하층 모두가 선호하여 인기를 누리며 통속적 독서물이 된 이유도 여기에 있다. 나아가 외국인에게는 중국인의 사고방식을 손쉽게 파악하고 그 특유의 생활 지혜를 배우며 중국어와 한문을 익히기에 좋은 교재였다. 『명심보감』은 유학과 불교, 도교의 성현과 지식인이 남긴 어록에서부터 민중의 속담에 이르기까지 다양한 출처에서 격언과 잠언과 속담을 정밀하게 골라서 분류해 편집한 새로운 형식의 잠언집이었다.

『명심보감』은 고대에서 당대에 이르는 다양한 속담을 채록하였다. 각종 문헌에서 골라 수록한 격언이나 잠언도 실제로는 속담이거나 속담의 성격이 매우 짙다. 11장의 17조와 39조, 89조를 사례로 들 수 있다.

사람이 의심스러우면 쓰지 말고
사람을 썼으면 의심하지 말라.

황금이 귀하지 않고
건강값이 더 많이 나간다.

나쁜 재난과 뜻밖의 화도 조심하는 집에는 침입하지 못한다.

『명심보감』에 수록되어 널리 알려진 이 세 개의 속담은 차례대로 금나라, 원나라, 당나라 때의 문헌에 채록되어 현재까지 널리 사용된다. 구체적인 사실은 각 속담의 평설에서 자세히 밝혔다. 『명심보감』에는 이전에 구전되어 문헌에 정착된 옛 속담과 당송 시대에서 원나라를 거쳐 명나라 초기까지 민간에 구전되던 속담이 풍부하게 채록되어 있다. 『명심보감』은 명나라 초기에 만들어진 규모가 큰 속담집으로 평가할 수 있다.

4 명심보감에 담긴 처세 철학

『명심보감』은 인생에서 겪는 곡절 많은 문제를 바라보고 대응하는 처세 철학을 제안한다. 주요한 특징 세 가지를 간명하게 설명하자면 다음과 같다.

먼저 선행을 권하고 악행을 멀리하라는 윤리적 덕목과 세상을 지혜롭게 살아가는 처세의 규범을 가르친다. 이는 『명심보감』이 앞세운 저술의 주요 목적이자 특징이다. 1장의 주제를 "끊임없는 선행"으로 앞세운 데서도 저자의 의도가 보인다. 그리고 "효도의 실천", "인륜의 기본", "예절 생활", "신의 준수" 등 여러 장의 주제에서도 선행을 권장하는 권선서나 윤리적 삶을 안내하는 교훈서로서의 성격을 보인다. 윤리와 도덕을 중시한 유학의 가치를 반영하여 부모에 대한 효성과 어른에 대한 공경, 친구와 이웃에 대한 우정과 신의 등의 덕목을 강조하였다. 또한 선악의 행위에 응보가 따름을 거듭 말하는 것과 남을 배려하고 음덕을 베풀기를 권장하는 것에서는 도교와 불교의 가치관이 깊이 스며 있다. 이 때문에 도덕적 인간을 배양하는 것과 윤리와 신뢰가 뿌리내린 사회를 만드는 것에 필요한 서적으로 인정받았다.

다음으로 타인과 자신의 심리를 성찰하여 합당하게 처신하는 방법을 제언한다. 인심의 성찰[省心]은 곧 인심의 밝힘[明心]과 같아서 『명심보감』에서 가장 중요한 주제이다. 하권의 11장 「성심편(省心篇): 마음의 성찰」은 인심의 성찰을 중심 주제로 격언을 수집하였는데, 상권의 5장 「정기편(正己篇): 몸가짐 바로잡기」와 7장 「존심편(存心篇): 본심의 보존」, 8장 「계성편(戒性篇): 성질 참기」도 크게 다르지 않다. 가장 많은 격언이 수록된 네 개의 장에서는 세상의 인정과 풍속의 진실을 날카롭게 폭로하고, 인생을 살면서 겪는 온갖 욕망을 입체적으로 진단하여 방지책을 제안하였다. 교만과 과시, 명예욕과 재물욕, 사치와 탐욕, 질투와 성질부림 등이 일으키는 폐해를 설명하고, 그 폐해를 경계하고 예방하는 절제와 인내, 조심과 절약 등의 덕목을 실천하도록 권유하였다.

특히 인생에서 겪기 쉬운 다양한 문제와 현실 세계의 불편한 진실을 예리하게 포착하여 대처하도록 이끈 격언이 많다. 빈부와 재물, 사회생활과 가정의 운영, 인심과 교우 관계, 부모의 봉양과 자식의 교육, 도시와 향촌에서의 인간관계, 배신과 선의 등 일상에서 흔히 겪는 체험을 제시하였다.

세 번째로는 중국인 특유의 사고방식과 실질적 처세의 철학을 제안한다. 중국인의 현세주의적이고 이해타산적인 사고방식과 심리를 날카롭게 포착한 격언이 곳곳에 등장한다. 이 책의 처세 철학은 거대한 영토와 장구한 역사 속에서 켜켜이 쌓여서 형성된 중국의 매우 강력한 문화적 특색을 현대에도 분명하게 제시한다.

이 책은 비속한 현실 세계의 실체와 그런 세상에서 지혜롭게 살아가기 위한 처세 철학을 요령 있고 풍부하게 분류하여 제시하였다. 이는 학교교육에서 배우는 성인과 현인의 규범적 저술에서는 가르쳐 주지 않는다. 경전 속 격언이 인생의 이상을 말한다면,『명심보감』의 격언은 인생의 현실을 말한다. 그렇기에 오랫동안 정통의 학자들은 이 책을 통속적이고 비루하다고, 공명정대하지 않다고 낮춰 보았다.

5 판본과 전승

『명심보감』은 1393년에 명나라에서 처음 간행되었다. 이 초간본은 일찍이 사라졌고, 현재 그 어디에도 남아 있지 않다. 초간본이 나온 뒤로 "세상에 성대하게 유행한 지가 오래되었다."라고 할 만큼 큰 인기를 끌어 여러 차례 간행되었다. 그중 명나라 초기 간본으로 추정되는 판본이 흑구본『신간대자명심보감(新刊大字明心寶鑑)』이다. 저자의 서문을 삭제하여 출판업자가 상업용으로 판각한 이 판본은 타이완 국립고궁박물원에 소장되어 있는데, 이후 중국과 일본에서 간행된 판본의 저본이 되었다. 중국에서 전해 오는 가장 오랜 판본이나, 오자가 너무 많고 편집이 상당히 거칠어 선본(善本)은 아니다.

현재 남아 있는 가장 이른 시기의 판본은 한국의 청주에서 1454년에 간행된 목판본이다. 초간본을 그대로 판각한 번각본(飜刻本)으로, 초간본의 원형을 잘 보존하였다. 청주고인

쇄박물관 소장본, 일본 도쿄의 쓰쿠바(筑波) 대학 도서관 소장본, 서울대학교 중앙도서관 소장본, 여승구(呂丞九, 1936년~2022년) 소장본 등 4종의 실물이 확인되었다. 또한 임진왜란 이전에 홍주(洪州)에서도 간행된 듯하나, 현재 실물이 전하지 않는다.

청주본은 원형에 가장 가까운 판본으로, 『명심보감』의 독서와 연구에 기초가 되는 선본이다. 다만 청주본은 천계본의 저본이 되었고, 조선과 일본의 특정한 독자에게만 저본으로 이용되었다. 중국과 일본, 서양에서는 흑구본 계통이 이용되었다. 명대 이후 현재까지 중국의 대부분 판본에 오류가 많은 이유가 여기에 있다.

중국과 일본, 서양의 판본 가운데 중요한 의미가 있는 몇 종의 목록을 소개한다. 1553년에 황실의 환관인 조현(曹玄)이 목판으로 간행한 『중간명심보감(重刊明心寶鑑)』과 만력제의 어명으로 편찬하여 1585년에 간행한 『어제중집명심보감(御製重輯明心寶鑑)』이 있다. 황제와 환관 고위직이 간여한 판본으로, 『명심보감』이 대중성과 교육적 가치, 사회적 파급력이 큰 저작임을 말해 준다. 『중간명심보감』은 오류를 수정한 데다 편집과 지질, 제본, 글자가 아름다워 청주본을 제외하면 가장 신뢰할 만한 판본이다. 『어제중집명심보감』은 황제의 명으로 최고위직인 대학사(大學士) 신시행(申時行, 1535년~1614년)이 편집해 출간하였다. 다만 통속적인 내용은 빼고 유가적인 내용을 추가하여 큰 폭으로 개편되었다. 추가된 격언에 유가적 색채와 보수적 색채가 짙어 원본의 참신성은 약해졌다.

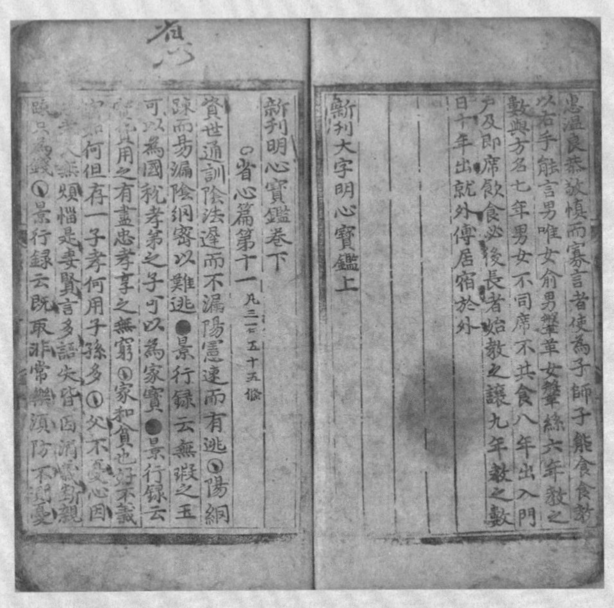

1454년에 청주에서 간행된 『명심보감』의 하권 첫 장으로, 분량이 가장 많은 11장 「성심편」부터 시작한다. 서울대학교 중앙도서관 소장. 이 책은 남아 있는 책이 적은 희귀본이다. 한편 쓰쿠바 대학 소장본에는 임진왜란 때 약탈해 간 도서에 보이는 '양안원장서(養安院藏書)'라는 장서인(藏書印)이 찍혀 있다. 원 소장자의 장서인이 '진산매실(晋山梅室)'인데, 강희맹(姜希孟, 1424년~1483년)의 장서인으로 조심스럽게 추정한다. 이 책의 뒤에는 "신묘년 7월이다. 민건(閔騫, ?~1460년) 공이 증정한 책이다.〔辛卯孟秋閔公騫所贈.〕"라는 수증기(受贈記)가 있다. 민건은 이 책의 간행자이다. 신묘년은 1471년으로, 이 책을 간행한 때로부터 17년 뒤이다.

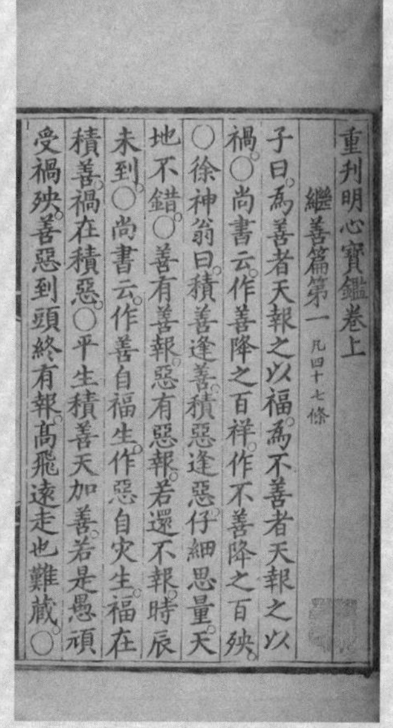

重刊明心寶鑑卷上

繼善篇第一 凡四十七條

子曰。為善者天報之以福。為不善者天報之以禍。○尚書云。作善降之百祥。作不善降之百殃。○徐神翁曰。積善逢善。積惡逢惡。仔細思量天地不錯。○善有善報。惡有惡報。若還不報時辰未到。○尚書云。作善自福生。作惡自災生。福在積善禍在積惡。○平生積善天加善。若是愚頑受禍殃善惡到頭終有報。高飛遠走也難藏。○

『명심보감』 흑구본(왼쪽)과 중간본(오른쪽). 흑구본 『신간대자명심보감』은 명나라 초기에 간행된 29장의 목판본으로, 타이완 국립고궁박물원에 소장되어 있다. 간행된 시기는 알 수 없고 오자와 오류가 많으나, 이후 중국과 일본에서 간본의 저본이 되었다. 중간본 『중간명심보감』은 1553년에 태감(太監) 조현이 목판 2책으로 간행하였다. 중국국가도서관과 쑤저우 도서관에 소장되어 있다. 저자의 서문을 수록하였고, 오류가 적으며, 편집과 지질, 제본, 글자가 아름다워 선본이다.

이후에는 1601년에 정계화(鄭繼華)가 흑구본을 바탕으로 『명심보감』을 간행하였고, 20세기까지 통속적인 판본이 다수 출간되었다. 후대로 갈수록 편자의 시각으로 격언을 추가하거나 축약하면서 원형을 훼손하였다. 『명심보감』이 명대에는 지식인에게도 큰 호응을 얻었으나, 청대 이후에는 지식수준이 낮은 이들이 읽는 방각본(坊刻本)으로 유통되었고, 20세기에는 그 존재감이 거의 사라졌다.

일본의 교양인들 역시 『명심보감』을 탐독하여 많은 영향을 받았다. 일본에서는 조선과 중국에서 건너간 다양한 간본이 넓게 유통되었고, 스스로 화각본(和刻本)도 간행했다. 화각본은 명나라 왕형(王衡, 1561년~1609년)이 간행한 판본을 저본으로 1631년에 간행되었다. 하지만 저본의 오자와 난해한 글자를 바로잡으면서 더 큰 오류를 저질러 선본으로 평가하기는 어렵다.

흥미롭게도 『명심보감』은 16세기 말에 베트남과 스페인, 이탈리아에서도 번역되고 유통되었다. 스페인 선교사인 후안 코보(Juan Cobo, 1546년~1592년)가 1590년 무렵에 스페인어로 번역하였다. 1588년에서 1592년까지 필리핀 마닐라에 머문 코보는 명나라 복건성에서 이주한 중국인에게서 이 책을 접하고 대역본(對譯本)으로 번역하였다. 번역의 저본은 도상(圖像)을 첨부한 판본인데, 현재 전하지 않는다. 이후 스페인 선교사 도밍고 페르난데스 나바레테(Domingo Fernández Navarrete, 1610년~1689년)도 중국에서 선교 활동을 하면서 이 책을 번역하여 스페인에서 출간하였다.

또한 라명견(羅明堅)이라는 중국명으로도 잘 알려진 예수회 선교사 미켈레 루지에리(Michele Ruggieri, 1543년~1607년) 신부는 1591년에서 1593년 사이에 중국 현자의 명언을 두루 모아서 라틴어로 번역하였다. "제가명언회편(諸家名言匯編)"이라는 의미를 지닌 그의 번역서는 『명심보감』을 축약하여 번역한 것이다. 루지에리 신부는 마테오 리치보다 먼저 중국에 도착하여 광동성에서 선교하면서 초기 천주교 서적을 중국어로 저술하였고, 『대학』과 『중용』, 『논어』, 『맹자』의 사서와 동시에 『명심보감』을 라틴어로 번역하였다. 중국과 서양의 서적 교류사에서 사서와 함께 이 책이 번역된 것은 역사적으로 매우 큰 의미가 있다.

서양 언어로 번역된 최초의 중국 서적이 『명심보감』이다. 이는 『명심보감』이 중국인의 심성과 사고방식을 간결하고 명료하게 제시하였음을, 유가와 불교, 도교 등 여러 사상의 정수를 뽑았음을, 중국 민중의 사유를 담은 속담집이자 중국어와 한문을 익히는 훌륭한 교재로서 당시 상하층 모두에게 인기 있는 보편적이고 통속적인 독서물이었음을 입증한다. 서양 선교사들은 이 책이 지닌 고유한 가치를 잘 이해하였다.

6 한국의 명심보감 초략본 애독

한국인은 그 어떤 나라의 독자보다 『명심보감』을 사랑하며 읽었다. 1454년에 청주에서 이 책이 간행된 이래 지금까지

600년 가까이 애독하였다. 그런데 774조의 격언은 분량이 적지 않아서 가볍게 읽기에는 부담스러운 데다, 청주본은 희귀본이 되어 구하기가 어려웠다. 이를 해결하려고 원본을 3분의 1 정도로 축약한 초략본이 등장하였다. 대중적 상업 출판 방식인 방각본으로 간행되어 큰 인기를 끌었다. 결국에는 원본을 압도하여 무려 400년이 넘도록 초략본이 원본 행세를 하였다. 한국의 서점에서 판매되는 『명심보감』 대부분은 원본이 아닌 초략본이다. 다만 400년 이상 사람들이 애독하였고 원본의 구실을 해온 초략본이므로, 그 위상과 가치는 무시할 수 없다.

초략본은 천계 원년(광해군 원년, 1621년)에 간행된 방각본 판본(천계본)이 가장 오래되었다. 개인 소장본으로서, 역자가 2024년에 쓴 논문에서 처음으로 공개하여 분석하였다. 천계본은 그 뒤에 출간된 모든 초략본의 저본이 되었고 400여 년 동안 유사한 판본이 수십 종 출간되면서 한국인이 애독한 『명심보감』의 원본 지위를 얻었다. 청주본은 774조의 격언으로 구성되었는데, 천계본은 그 3분의 1 정도인 253조로 축약되었다. 이후 편집과 형태, 문구와 자구 등에서 몇 가지 작은 변화가 일어났지만, 근본적인 변화는 없으므로 이 판본이 지닌 가치는 매우 높다. 천계본의 편찬자와 간행처는 알 수 없다. 편찬자를 범입본으로 밝히지 않는 바람에 초략본이 저자가 없는 책으로 유통되는 길을 열어 놓아 큰 해악을 끼치기도 했다. 17세기에 출간된 방각본은 천계본을 포함하여 모두 4종으로, 그 목록은 〈표 1〉과 같다.

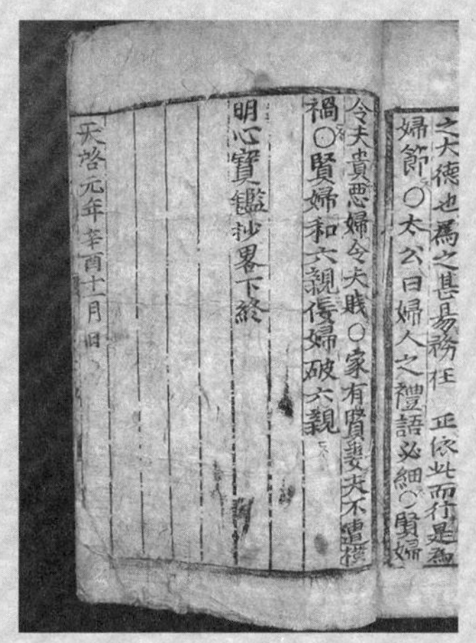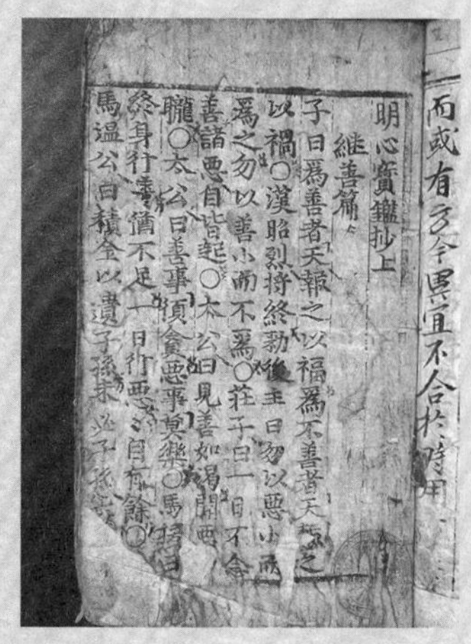

(왼쪽) 천계본 『명심보감』의 마지막 장, 개인 소장. “명심보감초략”이라는 책명과 “천계 원년 신유 십일월 일(天啓元年 辛酉十一月 日)”이라는 간기가 기재되어 있다. (오른쪽) 천계본 『명심보감』의 첫 장, 개인 소장. 400년 동안 조선─한국에서 광범위하게 읽힌 『명심보감』의 원형이 되는 판본이다. 권수제(卷首題) 하단에 편자명을 기재하지 않았다.

<표 1> 17세기에 출간된 『명심보감』 방각본

	책명	간기	판심제 장수	권차 자수	소장처	비고
1	명심보감초략 (明心寶鑑抄略)	천계 원년, 신유(1621년) 11월 일(日)	명심 25장	상권·하권 9행 17자	개인	상권에는 명심보감초, 하권에는 명심보감하, 책 끝에는 명심보감초략.
2	명심보감	숭덕 2년, 정축(1637년) 계하(季夏) 개간(開刊)	– 26장	상권·하권 –	규장각	숭덕본의 필사본으로, 영조 말엽에 필사됨.
3	명심보감초략	정해(1647년) 계하 개간	명심 24장	상권·하권 9행 18자	소수서원, 역자 등	–
4	명심보감초략	신축(1661년) 중춘(仲春) 개간	명심 –	상권·하권 –	일본 쓰시마 역사민속자료관 등	–

17세기에 출간된 방각본의 책명은 모두 『명심보감초략』이다. 『명심보감』을 간략하게 뽑았음을 책명에서 밝혔다. 18세기에는 출간된 것이 없다. 19세기 이후에는 『명심보감초』라는 책명으로 방각본 5종과 개인 목판본 1종이 출간되었는데, 그 목록은 <표 2>와 같다.

20세기 이후에 애독한 『명심보감』 역시 천계본 계통이다. 일제강점기에는 순한문본, 현토본, 대역본, 증보본 등 다양한 판본이 수십 종 간행되었다. 성인들의 교양서로 널리 읽히던 『명심보감』이 20세기에 들어 서당과 가정에서 아동교육 필수 교재의 하나로 부상하며 큰 인기를 끌었다. 당시 상업 출판사의 인기 있는 서목 가운데 하나가 『명심보감』이다. 초략본이

<표 2> 19세기와 대한제국기에 출간된 『명심보감초』 방각본 5종 및 목
판본 1종

작품 해설

	제명	간기	판심제 장수	권차 차수	소장처	비고
1	명심보감초 (明心寶鑑抄)	숭정 후 갑진(1844년) 춘(春) 태인(泰仁) 손기조(孫基祖) 개간	명심 28장	단권 8행 17자	규장각 외 다수	유탁일은 1664년 간행으로, 김동환 등은 1784년 간행으로 봄.
2	명심보감초	무진(1868년) 지월(至月) 무교(武橋) 신간(新刊)	명심보감초 23장	단권 10행 17자	한국국학 진흥원 등	–
3	명심보감	당저(當宁) 기사(1869년) 신간 장판우(藏板于) 대구 인흥재사(仁興齋舍)	명심보감 26장	단권 10행 18자	국립중앙 도서관 등	앞뒤에 서문과 발문을 여러 편 수록. 저자를 고려 말의 추적으로 기재.
4	명심보감초	세재(歲在) 을미(1895년) 맹동(孟洞) 교동(校洞) 개간	명심 23장	단권 9행 19자	충남대학교, 역자	목활자본. 상하 구분 없이 단권. 끝에 「주부자심당명 (朱夫子十當銘)」 추가.
5	명심보감초	을사(1905년) 동(冬) 완서계(完西溪) 신간	명심보감 19장	단권 11행 19자	연세대학교 등	–
6	명심보감초	병오(1906년) 계춘(季春) 완산(完山) 개간	명심보감초 19장	단권 11행 19자	계명대학교 도서관 외	1915년 경성 동미서시(洞美書市) 발간본과 1916년 다가서포 발간본은 같은 판임.

완벽하게 원본을 대체하여, 당시부터 『명심보감초략』이나 『명
심보감초』로 기재하지 않고 아예 당당하게 『명심보감』으로 기
재하였다.

신연활자(新鉛活字)로 출간된 수십 종의 판본 가운데 가장

중요한 것은 1914년에 남궁준이 증보해 편찬한『현토구해증보 명심보감(懸吐句解增補明心寶鑑)』이다. 신구서림에서 간행되어『명심보감』의 표준으로 자리를 잡아 현재에 이른다. 이 판본에는 심각한 오류가 있다. 하나는 근거 없이 엉뚱한 내용을 추가한 것이고, 다른 하나는 이 책의 편자가 추적(秋適)이라고 기재한 것이다.

여기서『명심보감』의 저자를 범입본이 아닌, 고려 말의 추적으로 둔갑시킨 어처구니없는 사건의 전개 과정을 간략하게 짚어 본다. 이 사건은 초략본의 출간과 밀접한 관련이 있다.

천계본에서 저자를 기재하지 않은 이래로 모든 초략본에서는 저자를 밝히지 않고 출간해 왔다.『명심보감』은 저자가 없는 책으로 유통되었다. 19세기 말엽에 대구에 세거(世居)한 추씨(秋氏) 집안에서 조상 현창(顯彰) 사업을 하는 과정에서 『명심보감』 초략본을 먼 조상인 추적의 저작으로 왜곡하여 1869년에 목판으로 간행하였다. 널리 유통되던 방각본과 그 사본에 저자가 명기되지 않았기 때문에 일어난 일이다. 이 왜곡은 독서 대중의 지지를 받지 못하다가, 1914년에 남궁준이 출간한 책에서 추씨 집안의 판본을 반영하여 추적을 원저자로 기재하였다. 그래도 대부분의 책에서 저자 미상으로 표기하여, 추적 원작설은 수면 아래에 가라앉아 있었다.

그러다가 해방 이후인 1959년에 김종국(金鐘國)이『국역증보 명심보감』을 출간하며 추적을 원저자로 인정한 이후에는 아예 정설로 굳어졌다.『국역증보 명심보감』은 성균관대학교 대동문화연구원에서 출간하였고, 학술적으로 엄밀하게 번역한 최초의 책이라서 권위를 인정받았다. 이 책의 간행에는 사연이 있다. 1958년 11월에 이승만(李承晩, 1875년~1965년) 대통령이 베트남을 방문하였을 때 베트남의 공학회(孔學會)에서 그 전해에 출간한 『명심보감』을 헌정하였는데, 대통령이 귀국한 뒤 그 책을 성균관대학교에 하사하고 널리 보급하라는 지시를 내렸다. 그 소식을 듣고 대구의 추씨 집안 후손이 가장본(家藏本)을 증정하였고, 김종국은 큰 고민 없이 추적을 편자로 인정하였는데, 이는 큰 잘못이었다. 그 이후로 추적 원작설은 정설로 굳어지고 외국에까지 확산되는 촌극이 벌어졌다.

1977년에 청주본이 발견되어 범입본의 저작임이 명확하게 확인되었으나, 추적 원작설은 여전히 사라지지 않고 있다. 오류의 뿌리에는 범입본이 지식인 사회의 비주류로서 명망이 없는 저술가였다는 것에, 특히 천계본에서 저자를 명기하지 않은 것에 요인이 있다. 대단히 인기 있는 책인데도 많은 오류와 몰이해를 안고서 독자의 손에 『명심보감』이 놓인 까닭이다.

7 명심보감 초략본의 번역

역자의 이 『명심보감』은 1609년에 출간된 천계본을 저본으로 삼았다. 천계본은 앞에서 설명한 것처럼 최초의 초략본으로, 그 이후에 출간된 거의 모든 초략본의 모본(母本)이다. 원본을 3분의 1 정도로 축약한 천계본은 400여 년 동안 거듭 출간되어 원본을 대체하였다. 청주본이 발견된 이후에도 여전히 초략본이 독서 시장의 대세를 차지하고 있다.

천계본과 그 이후의 초략본은 원본을 축약하면서 여러 가지 문제점을 드러냈다. 본문의 의도적 수정, 격언의 누락, 순서와 출전의 오류, 오자, 『명심보감』의 성격과 다른 격언의 자의적 추가, 원문의 축약 수록 등을 꼽을 수 있다. 천계본부터 이런 문제가 발생하였고, 19세기 이후의 초략본에서 오류가 거듭 추가되었다. 현재 유통되는 대다수 번역서에서도 그 결함이 바로잡히지 않고 있다.

하나의 사례를 들면, 「성심편」 37조가 남궁준 증보본에는 "재주 있는 사람은 재주 없는 사람의 종이요, 괴로움은 즐거움의 어머니이다."로 되어 있다. 청주본과 천계본에는 앞 구절만 있으므로, 뒤 구절은 나중에 자의적으로 추가된 것이다. 원본에는 없는 내용을 이후 다수의 초략본도 똑같이 썼다. 이처럼 크고 작은 오류와 왜곡이 적지 않다. 이 때문에 초략본의 텍스트를 비판적으로 검토하여 읽어야 하고, 후대에 생긴 텍스트의 오류와 왜곡이 가장 적은 천계본을 기준으로 삼아야 한다.

오류와 한계가 있기는 하지만, 초략본은 한국인의 처세와 처신에 필요한 짧고 요긴한 격언을 적절한 분량으로 정선한, 잘 편집된 잠언집이다. 일상생활에서 유용하게 활용할 지식과 교훈을 부담스럽지 않고 간편하게 읽을 수 있게 하였고, 방각본으로 간행하여 누구나 저렴하게 구매할 수 있게 하였다. 게다가 한국인의 심성과 처세관에 부합하는 격언 위주로 만들어졌다. 일종의 한국화한 『명심보감』이다. 초략본은 상업적으

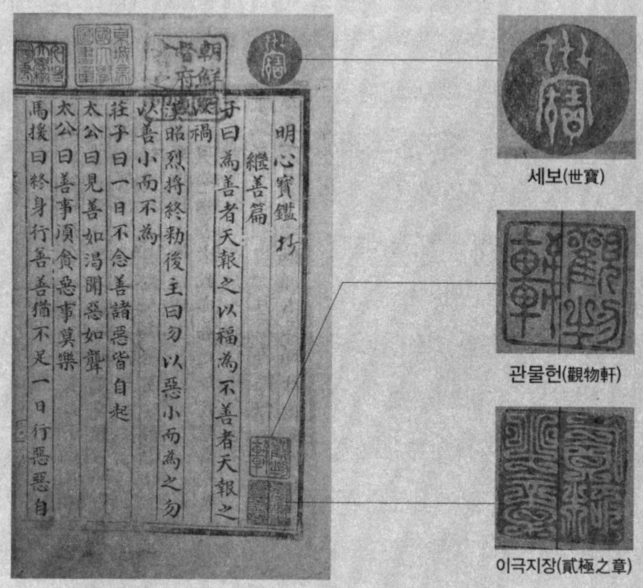

왕실 도서를 보관하는 규장각에 소장된 『명심보감』 초략본의 사본. 책 마지막에 '숭덕 2년 정축 계하 개간(崇德二年丁丑季夏 開刊)'이라는 간기(刊記)를 써 놓았으므로 1637년에 간행된 방각본을 필사하였음을 알 수 있다. 이해는 병자호란이 일어난 다음 해이기에 청 태종(淸太宗) 홍타이지의 연호인 숭덕을 사용하였다. '세보'와 '관물헌', '이극지장'의 장서인 3방은 영조 말엽에 세손이던 정조가 소장하여 읽은 책임을 말해 준다. 『명심보감』은 왕실과 상층 사대부도 널리 읽던 책이었다.

로도 성공한 책이다. 현재에도 그런 간편함과 편의성 때문에 원본을 제치고 널리 읽힌다.

역자는 2024년에 청주본을 저본으로 삼고 많은 오류를 바로잡아 신뢰할 수 있는 정본(定本)을 만들었다. 이 정본이 저자의 취지를 충실히 반영하여 원본에 가장 가깝다. 그리고 그 정본에 근거하여 『명심보감』을 완역하고 평설을 붙였다.

원본은 분량이 많아서 간편하게 읽기에는 부담스러운 점이 있다. 400년 동안 조선의 교양인들이 축약본 『명심보감』을 만들어 읽은 이유이다.

초략본이 지닌 가치에 공감하여 이미 출간한 완역본을 바탕으로 초략본 『명심보감』을 새로 출간한다. 새롭게 출간하는 책의 원칙은 "일러두기"에서 자세히 설명하였다.

『명심보감』은 세상과 인간을 명확히 이해하여 지혜롭게 살 것을 안내하는 동아시아의 대표적 격언집이다. 장구한 세월 동안 수많은 독서인의 마음을 움직인 아포리즘의 명저이다. 독자들이 이 책을 통해 그 『명심보감』의 세계로 들어가 보기를 권한다.

세계문학전집 481

명심보감

1판 1쇄 찍음 2026년 3월 6일
1판 1쇄 펴냄 2026년 3월 13일

지은이 범입본
옮긴이 안대회
발행인 박근섭, 박상준
펴낸곳 (주)민음사

출판등록 1966. 5. 19. (제 16-490호)
서울특별시 강남구 도산대로1길 62(신사동) 강남출판문화센터 5층 (우편번호 06027)
대표전화 02-515-2000 팩시밀리 02-515-2007
www.minumsa.com

ISBN 978-89-374-6481-2 04800
ISBN 978-89-374-6000-5 (세트)

* 잘못 만들어진 책은 구입처에서 교환해 드립니다.